風になった優ちゃんと学校給食

馬場錬成

評論社

表紙装画・章扉挿画　角しんさく
装幀　川島進

風になった優《ゆう》ちゃんと学校給食

目次

第14章　風になった優《ゆう》ちゃん

第 1 章

1 年生の給食当番

ワゴン車で教室へ配送

「みなさん、準備《じゅんび》はいいですかぁ」

由美先生の元気な声が、給食室前の廊下《ろうか》の天井《てんじょう》まで響《ひび》き渡《わた》りました。背《せ》の高い由美先生は、白い帽子《ぼうし》をつけ白衣を着るといっそうすらりとした姿《すがた》に見え、お母さんたちが口ぐちに「由美先生、かっこいいよね」と言うほど、美人で評判《ひょうばん》の栄養教諭《きょうゆ》です。

今日は、4月からの新学期最初の給食の日。ゆかりは6年生になったので、給食当番になって初めて1年生の教室に応援《おうえん》に行く日でした。

1年生はまだ給食に慣《な》れていないので、入学式から1週間は、パンと牛乳《ぎゅうにゅう》とデザートだけの軽いランチになっています。いきなり主食、主菜、汁物《しるもの》、デザートなどすべての配膳《はいぜん》をすると、トレーをひっくり返したりこぼしたりしてしまいます。そこで1週間は簡単《かんたん》なランチで給食に慣れてもらい、その後の1学期間は6年生に助けてもらいながら配膳することになっていました。

ゆかりたち6年生の応援当番は、エプロンと帽子をつけ、ご飯係、主菜係、汁物係、牛乳・デザート係などにわかれて、1年生のめんどうをみる係になり、調理をしている給食室に給食をとりにきていました。

「今日の献立《こんだて》は、入学と進級のお祝いにデザートがついていますよ」

由美先生がそう言うとみんな顔を見合わせてうれしそうに笑いました。「みなさんがいつも自分の教室でやっているように、ご飯をもり、おかずをとりわけ、牛乳とデザートをトレーにいれて配膳します。わかりますね」

みんなの顔を見渡すように言うと、ゆかりたち4人の当番はいっせいにうなずき、由美先生もそれに合わせて大きくうなずきました。それから大事なことと言わんばかりに付け加えました。

「今日のクラスにはアレルギーの子はいません」

そう言いながら、由美先生はちらっとゆかりの顔を見ました。そして、「さあ、行きましょう」と当番の子たちに声をかけました。


桜《さくら》の開花が始まっていました。お花見の時期になるとゆかりの住んでいる福井県は、どこもかしこもお花見ではなやいだ景色になります。日本海からの冷たい風と厚《あつ》い雪に覆《おお》われていた大地が、春の訪《おとず》れとともにいっせいにとけて芽を出し、色とりどりの豊《ゆた》かな自然が広がっていきます。新学期は桜の開花と同時にやってくる、はなやいだ学校のはじまりです。毎年、学校給食もそれを祝う献立《こんだて》になっていました。

配食する食べ物が入った「食缶《しょくかん》」と「バット」と呼《よ》んでいるおかずを入れ

た四角で平たい入れ物などはすでに全部、ワゴン車にのせられています。ゆかりたちはワゴン車を慎重《しんちょう》な手つきで押《お》しながら、ゆっくりと１年生の教室に向かいました。

えっ、こんなに軽いの

教室の前までくると、１年生の顔と目がいっせいにゆかりたちの方に向かってきました。「きた、きた――」という声が聞こえます。ゆかりはワゴン車から降《お》ろしたご飯の入った缶が驚《おどろ》くほど軽いことに気がつき、「中に本当にご飯が入っているのだろうか」とワゴン車を一瞬《いっしゅん》疑《うたが》ったくらいでした。

１年生のご飯は、６年生のご飯に比《くら》べるとはるかに軽いことを初めて実感しました。おかずの入った大小のバットも、みんな軽々とおろして、「軽いよね……」と言い合いながら教室の一番前に並《なら》んでいる配膳机《はいぜんづくえ》の前に運びます。

ゆかりたちの作業を1年生の子どもたちは、まるで動物園に行ったときのように目をこらして見ています。

缶《かん》とふたつのバットのふたを開けると、「ええっ」と言い合うほど量が少ないことに、また驚《おどろ》きました。こんな量で足りるのだろうか。これを教室の30人に均等《きんとう》に盛《も》り付《つ》けなければなりません。ご飯茶わんや皿に盛り付ける量が多くても少なくても失敗します。担任《たんにん》の尾崎由紀子《おざきゆきこ》先生が、最初のトレーの盛り付けにだけ手を出して、「これくらいよ」と見本をつくってくれます。ゆかりたちは、緊張《きんちょう》した気持ちで作業を続けました。

この日の献立《こんだて》は、次のようなものでした。

ソースカツ丼《どん》、コマツナの炒《いた》め煮《に》、とうふとわかめのみそ汁《しる》、牛乳《ぎゅうにゅう》、

デザートはイチゴゼリー

子どもたちに人気のあるソースカツ丼は、福井県が発祥《はっしょう》の地ともいわれています。揚《あ》げたてのカツを由美先生が特別につくった、タレにからめてご飯の上にのせます。

トレーを手にした1年生が並んでいます。まずソースカツをのせ、次にみそ汁をのせ、コマツナの炒め煮をのせます。小さな手がトレーを支《ささ》えていますが、危《あぶ》なっかしくて見ていられません。トレーを支える小さな手を見ていると、今にもみそ汁をこぼすのではないか。トレーをひっくり返したらどうしよう。みそ汁担当のゆかりは、気が気ではないのですが、それに気を取られていると自分の手元が危なくなっていきます。

担任の尾崎先生が助け舟《ぶね》を出しました。１年生たちは初めての給食で慣《な》れていないので、みそ汁《しる》はゆかりたちがおわんに入れ、それを1年生の机《つくえ》の上に配食しようということです。これならこぼしたりひっくり返したりする心配がありません。

「先生が見ているから大丈夫《だいじょうぶ》よ。料理のとりわけだけに集中しましょう」

そう尾崎《おざき》先生が声掛《か》けをしてくれたおかげで、ゆかりたちはさくさくと配食作業を続けて、あっという間に料理の配膳《はいぜん》が完了《かんりょう》してしまいました。

6人1組でテーブル型《がた》にした机に全員がトレーを並《なら》べ、席につきました。給食当番の6年生の4人が教壇《きょうだん》の前に並《なら》ぶと尾崎先生の発声で、いっせいに「ありがとうございました」と元気な声が教室いっぱいに広がりました。6年生はてれながらもうれしい気分になって、軽く頭を下げて答礼しています。こうした作業をすることで、6年生は上級生としての気持ちが強くなり、幼《おさな》い1年生を思いやりかわいがる気持ちが出てくるのです。

ゆかりたちは、自分たちも給食を食べるために急いで教室に帰っていきました。１年生の給食の後片付《あとかたづ》けは、１年生が自分たちでするからです。

外国人が腰《こし》を抜《ぬ》かした光景

その日、午後12時すぎ、日本中どこもかしこもいっせいに、このような光景が展開《てんかい》されていました。もし、高い空の上から日本列島の全学校を見渡《みわた》すことができたら、どんなにすごい景色になるでしょうか。どの学校でも、子どもたちが盛《も》り付《つ》けをして配膳して、いっせいに「いただきます」と言って食べ始めます。くる日もくる日も、学校給食がある限《かぎ》り、お昼になると、学校の教室ではいっせいにスクールランチが始まるのです。

あるとき、日本の学校を見学にきた外国の教育者の団体《だんたい》がこの光景を見ました。これは外国視察団《しさつだん》のために特別に子どもたちが身づくろいし、子どもたちが配膳《はいぜん》して見せてくれる、いわゆる「やらせ」ではないかと思ったそうです。日本全国で給食をしている学校は、小学校で99・1パーセント、中学校で89・9パーセントです。行っていない学校は、離島《りとう》やへき地にある特殊《とくしゅ》な地域環境《ちいきかんきょう》にある学校であり、それを除《のぞ》けば100パーセントの学校で学校給食を行っているのです。

日本の学校給食は、1945年に戦争が終わった直後から本格的《ほんかくてき》に始まりました。戦後、食べるものがほとんどなかった貧《まず》しい時代には、アメリカから支《し》援《えん》された脱脂粉乳《だっしふんにゅう》を溶《と》いて飲み、コッペパンをかじり、そのコッペパンに納《なっ》豆《とう》をつけて食べている学校もありました。それ以外に食べるものがなかったからです。脱脂粉乳の中には、刻《きざ》んだネギが浮《う》かんでいることもありました。学校給食をつくっていた大人たちは、その日食べられるものはなんでも子どもたちに食べさせようと努力していたのです。

戦後の復興《ふっこう》からやがて日本は高度経済《けいざい》成長の時代に入り、生活も徐々《じょじょ》に豊《ゆた》かになっていきました。それと平行して食べるものも豊かになり、学校給食の献《こん》立《だて》も時代と共に栄養のあるおいしいものになっていきました。子どもたちが帽《ぼう》子《し》とエプロンをつけ、自分たちで料理を配膳《はいぜん》する姿《すがた》は、このような歴史《れきし》の流れの中で築《きず》かれて定着していったものでした。長い歳月《さいげつ》をかけて築いてきた学校給食は食育の中心に位置づけられました。

国は２００５年に食育基本法《きほんほう》を制定《せいてい》して食育という教科をつくり、学校栄養職員《しょくいん》に教員の資格《しかく》を与《あた》えた栄養教諭《きょうゆ》制度をスタートさせました。日本は世界で初めて「食育」という言葉をつくり、学校給食と一体となって授業《じゅぎょう》を始めました。日本の学校給食は、大事な教育の一つであり、世界に先駆《さきが》けて始めたものでした。学校給食を体験しなかった人はいないでしょう。それなのに子ども時代に誰《だれ》もが身近な体験になっているはずの学校給食と食育について、本当の姿《すがた》を知っている人は意外と少ないのです。

お昼ご飯の時刻《じこく》になると、日本全国の小中学校で同じ光景が同時に展開《てんかい》されていることを聞いた外国の人たちは、とても驚《おどろ》いたそうです。しかし、もっと驚いたことは、子どもたちの成長を考えてつくった毎日の献立《こんだて》でした。さまざまな栄養をバランスよくとるように決めた国の基準《きじゅん》のもと、栄養教諭《きょうゆ》の先生たちはその決まりを守って献立をつくっています。

生活習慣病《しゅうかんびょう》の予防《よぼう》につながる

6年生のゆかりの教室では、ソースカツ丼《どん》をあっという間に食べてしまいました。おいしい給食は食べるのも早い。ソースカツ丼とコマツナの炒《いた》め煮《に》が少しだけ残っています。これはいつものように、希望者が教室の前に出てきてじゃんけんで勝った子がもらって食べられます。

担任《たんにん》の小森翔《しょう》先生が希望者をつのると、大勢《おおぜい》の手が挙《あ》がりました。小森先生は「今日は、激戦《げきせん》になるな」と言いながら、じゃんけんの予選から決勝戦へと勝負を進めていきます。負けた子が次々と自分の席に戻《もど》り、勝ち残った４人が、残ったソースカツ丼と炒め煮をもらい満足げでした。

人間は誰《だれ》でも、生きて活動するためにエネルギーが必要です。それをカロリーまたは熱量と呼《よ》んでいます。病気になって食欲《しょくよく》がなくなると、体が弱くなり抵抗力《ていこうりょく》がなくなって死んでしまいます。だから栄養のあるものを食べてエネルギーをつくって病気に打ち勝とうとします。

そのエネルギーを出す栄養素《えいようそ》は五つあります。炭水化物、タンパク質《しつ》、脂質《ししつ》の三つを三大栄養素といいます。それにビタミンとミネラルを加えて五大栄養素といいます。この五つの栄養素を食べなければ、人間は生きていけません。しかも片寄《かたよ》った食べ方を習慣《しゅうかん》として長年続けていると、ある年齢《ねんれい》になるとさまざまな病気になっていきます。それを生活習慣病と呼《よ》んでいます。

そのような片寄った学校給食にならないように、栄養教諭《きょうゆ》の先生たちは献《こん》立《だて》を作り、調理員が料理して毎日、子どもたちに給食を出しているのです。値《ね》上《あ》がりが続く食材の価格《かかく》を気にしながら、どのように栄養バランスを整えておいしい献立をつくるか、栄養教諭の先生方は涙《なみだ》ぐましい努力をしているのです。そのことを多くの国民はよくわかっていません。そのような知られざる給食をきちんと理解《りかい》してもらい、日本と世界の食の文化を正しく学ぼうとする食育とは、どのようなことなのか。この物語はこれから、給食と食育の真実の姿《すがた》を報《ほう》告《こく》していきます。

第 2 章

好きな野菜、苦手な野菜

ラッキーニンジン・ラッキーピーマン

「給食でね、ラッキーニンジンに当たったんだよ」

小学3年生の浩一《こういち》は、朝の食卓《しょくたく》で一家4人が、時間に追われて忙《いそが》しく食べているさいちゅうに、こんなことを言い出しました。昨日の給食で出た「カラフル野菜スープ」の中に、星形の小さなニンジンが浩一のおわんの中に入っていたのです。すかさず、ゆかりが言います。

「私《わたし》も当たったよ。私はラッキーピーマンだった!」

おかあさんが大きな声をあげました。

「ええーー!　二人とも当たったんだ。大当たりだ」

食卓は、ラッキー野菜の話で盛《も》り上《あ》がります。ラッキー野菜とは、野菜を小さな星の形にくりぬいたもので、この日の給食ではニンジンとピーマンがラッキー野菜でした。といっても、ニンジンとピーマンの全部をくりぬいているわけではありません。全校で合わせて60個程度《こていど》の星形《ほしがた》ニンジンとピーマンが、野菜スープの中に食材として入れ込《こ》んであるのです。

給食を食べている子どもたちが、自分のおわんの中に星形にくりぬかれた野菜を発見すると「ラッキー賞《しょう》」という景品をもらえるのです。しかし、ラッキー野菜は簡単《かんたん》には発見できません。１クラスで10個ほどのラッキー野菜がでてくる程度です。この日のラッキー賞は、ニンジンとピーマンでした。３年生と6年生の姉弟で当たるのは、奇跡《きせき》に近いラッキーです。

ニンジンとピーマンは、子どもたちが苦手にしている野菜の代表格《かく》です。そこで栄養教諭《きょうゆ》の由美先生と調理員は、子どもたちが、楽しんで食べるようになってほしいと、ラッキー野菜のアイデアが出てきました。子どもたちは、ラッキー野菜を探《さが》しながらスープを食べていくので、ニンジンもピーマンもあっという間に完食してしまうという仕掛《しか》けです。

「景品は、何をもらったんだ」

そうお父さんが浩一《こういち》に問いかけると、浩一はそれを見せようと立ち上がりはじめたので、お父さんはあわてて「いいよ、あとで見るよ」とさえぎりました。そして、「どうせ色鉛筆《いろえんぴつ》だろう」と言ったので、みんなで大笑いになりました。好きな色の色鉛筆を1本、景品としてもらえるのです。浩一は青色、ゆかりは黄色の色鉛筆をゲットして大満足でした。

食べ物は旬《しゅん》のものが一番おいしい

その日の夜の食卓《しょくたく》で、家族4人は今朝のラッキー野菜の話の続きになりました。お父さんがおかずに出てきた「タケノコのおかか煮《に》」を食べながら「うん、これはうまい」と言って、お母さんの顔を見ました。

お母さんは「また、タケノコのみそ汁《しる》のこと？」と苦笑いをしています。「タケノコの一番おいしいのは、みそ汁だな。とりたてのタケノコのみそ汁を食べたら誰《だれ》でも忘《わす》れられないんだよ」これはお父さんが何度も語って聞かせる「タケノコ物語」です。それを聞いた浩一が

「ねえねえ、なんでそんなにおいしいの？」

と問いかけると、お母さんが説明をしてくれました。

「野菜は、タケノコにかぎらず、なんでも新鮮《しんせん》なうちが一番、おいしいのよ。今からはトウモロコシが出回るよ」

そう聞いて、子どもたちが顔を見合わせました。タケノコもトウモロコシも子どもたちの大好きな野菜だからです。

「トウモロコシはね、ゆでるお湯がふっとうしてから畑にトウモロコシをとりに行き、皮をはいだらすぐにゆでることと、親から教えられたんだよ」

お母さんは農家の娘《むすめ》だったので、そんな経験《けいけん》があるのです。どんな野菜でも旬《しゅん》の時期に、とれたてを食べることが一番おいしいのです。昔から旬のものを食べるときに「初もの」と言って喜《よろこ》びました。「初もの」はごちそうを意味する言葉になっています。

旬とは、魚や貝類、野菜類、キノコ類、海藻《かいそう》などが一番多く出回る時期を言います。タケノコの旬は春で、トウモロコシの旬は夏です。どちらも加工した食材として一年中、使うことができますが、本当は旬の時期に、とれたてをすぐに調理して食べるのが一番です。

お母さんは、こんなことを質問《しつもん》しました。

「食べ物の基本《きほん》の味ってわかる?」

「基本の味って、甘《あま》いとか……？」とゆかりの問いかけに
「そうそう」とお母さんが言うと
「にがいもある？」と浩一《こういち》が聞きます。
お母さんの解説《かいせつ》では、基本の味は、甘い、にがい、すっぱい、からい、うまいの五つです。母乳《ぼにゅう》は、ほのかに甘い味がするので赤ちゃんはおいしそうに飲んでいます。本能的《ほんのうてき》に好む味とされています。
ところがにがい味とすっぱい味は、生まれたばかりの赤ちゃんにとっては本能的に危険《きけん》を感じる未知の味なのです。母乳が甘いので子どもは甘いものが好き。エネルギーを効率《こうりつ》よく作り出す甘いものを食べるのが、元気に生きていくためには、もっとも大事だからです。ゆかりは、面白い質問をします。
「お母さんは、甘いものを食べすぎると太るよね。子どもは、甘いものを次々と食べてもそんなに太らないよね。なんでなの？」

いい質問《しつもん》でした。子どもは日々成長するだけでなくよく動き回るので、体の大きさに比《くら》べてたくさんのエネルギーが必要です。そのためには、エネルギーを効率《こうりつ》よくつくってくれる甘《あま》いものを取り入れ、それをすぐに使ってしまうのです。だから甘いものを好んで食べる。大人は甘いものをとりすぎて運動量が不足すると、体の中に脂肪分《しぼうぶん》となって蓄積《ちくせき》されてしまう。

子どもは甘いものを好んで食べますがにがい味は好まないので、にがみのある野菜は、子どもたちの苦手な野菜になってしまうのです。しかし成長するにしたがってさまざまな料理を食べているうち、徐々《じょじょ》に、にがい味も受け入れていくようになります。

「酢《す》の物《もの》は甘酢《あまず》にしたり、サラダのドレッシングの酢はだしで割《わ》ったりして、すっぱさを和《やわ》らげるのよ。少しずつ使って子どもの味覚を慣《な》らしていくと、だんだんと好きな味になっていくのよ」

お母さんの説明に、子どもたちはわかってきたようです。

総合《そうごう》学習で野菜のすべてを学ぶ

教室の黒板の右端《はし》に「好きな野菜」、真ん中に「苦手な野菜」と書かれています。給食委員のゆかりが教壇《きょうだん》にあがり、担任《たんにん》の小森先生の指導《しどう》を受けながら、クラスの子どもたちからそれぞれ聞き取ろうとしています。

「誰《だれ》でもいいですから、好きな野菜を言ってください」

というゆかりの問いかけに何人も手が挙《あ》がりました。次々と指名したクラスメートが言う好きな野菜をゆかりは黒板に書いていきます。

キャベツ、ジャガイモ、トマト、ハクサイ、トウモロコシ、ダイコン、モヤシ、サツマイモ、ナス、キュウリ、カボチャ、タケノコ、エダマメ、ニンジン……

途中《とちゅう》で「ニンジン」とか「ホウレンソウ」という声がでると、教室がざわつき「それは嫌《きら》いだ」という声があちこちで飛《と》び交《か》います。

途中から授業《じゅぎょう》に加わった由美先生が

「好きだという野菜は全部、書き出しましょう」

と言うので、ゆかりが書き足していきます。結局、好きな野菜は、全部で30種類以上にもなりました。

「つぎは苦手な野菜を言ってください」というゆかりの声に、またもいっせいに手が挙《あ》がりました。

セロリ、ピーマン、フキ、グリーンピース、オクラ、アスパラガス、ニンジン、シュンギク、シシトウ、ウド、ナス、ニラ……

こちらは20種類以上の野菜が出てきました。由美先生の講義《こうぎ》が始まりました。

「好きな野菜と苦手な野菜は、個人《こじん》の好き嫌いがあるので、どちらにもダブって出てきます。だからどうしても多くなります。また住んでいる地域《ちいき》によってばらつきがあります。北海道の子どもたちが好き・苦手な野菜と、沖縄《おきなわ》県の子どもの好き・苦手には違《ちが》いが出てきます。それでは福井県は、どうでしょうか」

毎日、給食の献立《こんだて》を作り、食べ残しを調べてきた由美先生は、長年の体験から子どもたちの好き・苦手のトップ10を赤いチョークで丸く囲《かこ》いました。これはあくまでも、由美先生の感じている好き・苦手野菜です。

好きな野菜トップ10

ジャガイモ、トマト、ハクサイ、トウモロコシ、ダイコン、ホウレンソウ、サツマイモ、キュウリ、カボチャ、コマツナ

苦手な野菜のトップ10

ピーマン、シイタケ、ネギ、ナス、ニンジン、グリーンピース、オクラ、

シュンギク、ニラ、フキ

黒板に書かれた好き・苦手野菜を見ながら、子どもたちの話は隣《となり》の席同士に広がっていきました。

給食の食べ残しの多くが野菜

小森先生が総合《そうごう》学習で野菜を取り上げた理由はいくつかあります。野菜は、ビタミンやミネラルや食物繊維《せんい》が含《ふく》まれており、健康な体をつくるのに必要な栄養素《えいようそ》がたくさんあるので絶対《ぜったい》に必要な食物です。食物繊維を多く食べるとウンチがすっきりと出るので便秘《べんぴ》がなくなり、生活のリズムが良くなります。

給食の献立《こんだて》をつくっている栄養教諭《きょうゆ》は、なるべく多くの種類の野菜を使った料理を考えています。ところが一生懸命《けんめい》つくった給食なのに、子どもたちが食べ残すことがあります。

由美先生が語りかけます。

「食べ残しを調べてみるとほとんどが野菜の料理です。苦手な野菜がはいったおかずや汁物《しるもの》をみなさんは食べてくれない。でも野菜はとっても大事な食べものですから食べないと丈夫《じょうぶ》で健康なからだになりません。苦手な野菜を食べられるようにがんばることが大事ですよ」

その説明を受けて小森先生がショッキングな話を始めました。それは香川県の中学校の先生が県内の小・中・高校の生徒の約３０００人を対象《たいしょう》に調べた「野菜の好き・苦手と心の発達」について研究した内容《ないよう》でした。

「ニンジン、コマツナ、ホウレンソウ、ピーマン、カボチャなど緑黄色野菜を好んで食べる子は、苦手としている子どもに比《くら》べて、やる気をおこさないとかイライラするとかあきっぽいという気持ちをあまり持たないということだった。

きみたち、自分のことをどう思う」

と小森先生が聞くと、教室中がざわつきました。小森先生は続けました。

「野菜にはカルシウムなどのミネラルが多く含《ふく》まれているね。それらが不足するとイライラがひどくなったり、カーッとなって物を壊《こわ》したりすることにつながっているんだよ。野菜は好き嫌《きら》いしないで食べるようにすることが大事なんだ。毎日の給食を完食すれば、自然とどの野菜も食べられるようになるんだよ」

由美先生が付け加えました。

「苦手な野菜でも、ちょっとしたきっかけで食べられるようになって、好きな野菜になることがありますよ。たとえばピーマンが苦手だったのに、ピーマンの肉詰《にくづ》めを食べたらおいしかったので、ピーマンが苦手でなくなった子がいます」

ゆかりはこれを聞いて、自分のことかと思ってしまいました。確《たし》かにお母さんがつくったピーマンの肉詰めを食べたことから、ピーマン苦手がなくなったのです。そのレシピを教えてもらい、今では自分でつくる料理の定番にまでなっていました。

授業《じゅぎょう》が終わって職員室《しょくいんしつ》に戻《もど》ってきた由美先生と小森先生は、授業の続きでこんな会話をしていました。それは愛知県の大学の研究内容《ないよう》で、子どもが野菜を食べることと健康的な生活リズムは、母親が野菜を食べることや生活リズムと関係があるというものでした。母親が野菜料理のつくり方がうまければ、子どもの野菜苦手がなくなり、栄養バランスのいい朝食を食べることで子どもだけでなく母親も生活リズムが健康的になるという研究内容でした。これを授業で話すと、子どもたちが家に帰って母親を責《せ》めるかもしれません。このような話は保護者会《ほごしゃかい》などでした方がいいので、子どもたちの前では言いませんでした。

優《ゆう》ちゃんへの定期便

新学期が始まって間もないころでした。ゆかりは小森先生から職員室《しょくいんしつ》に呼《よ》ばれて同じクラスの優《ゆう》ちゃんこと竹田優子の家に、担任《たんにん》の先生からの連絡帳《れんらくちょう》や「学校便り」「給食便り」「献立表《こんだてひょう》」などを届《とど》けてもらえないかと相談されました。ゆかりと優ちゃんの家は近くにあるので、月に1、2回、優ちゃんの家に届けてほしいというもので、小森先生も家庭訪問《ほうもん》で毎月1回は行っていました。

優ちゃんは生まれつき、「アミノ酸代謝異常症《さんたいいしゃいじょうしょう》」という重度の病気でした。小学校の学年が進むにしたがって病院に通う日々が増《ふ》え、5年生ころからは、学校へはめったにこられなくなっていました。ゆかりは小さいころから優ちゃんとは友だちです。とても気が合う子だったので、喜《よろこ》んで先生の頼《たの》みを受け入れました。

ゆかりが優ちゃんの家に行ったのは、５月の連休明けの日でした。玄関《げんかん》で優ちゃんのお母さんは、ゆかりがあずかってきた連絡袋《ぶくろ》を受け取るとこんなことを言いました。

「優子は、朝からちょっと調子が悪くてずっとベッドに寝《ね》ているの。でもね、ゆかりちゃんがくることをいつもとっても楽しみにしているから、ちょっと見てくるね」

そう言って速足で家の中に消えると、すぐに小走りで戻《もど》ってきました。

「優子が会いたいって言うの。悪いけどベッドまできてくれる」

お母さんはゆかりから預《あず》かった連絡袋を手にして「ゆかりちゃんから優子に手渡《てわた》してね。そのほうが喜《よろこ》ぶから」と言います。

電動式のリクライニングベッドで半身起き上がった優ちゃんが、ゆかりの顔を見ると、いつものように右にちょっと顔を傾《かたむ》けて「ありがとうね」と言って笑顔を見せました。思ったより元気そうなのでゆかりは安心しながら、コットンバッグに入れてきた連絡袋《れんらくぶくろ》を優《ゆう》ちゃんに手渡《てわた》します。それからクラスメートの話や授業《じゅぎょう》のこと、学校の出来事などを話して聞かせます。

優ちゃんの家に連絡袋を届《とど》けるようになってから、あることにゆかりは気がついていました。それは先生からの連絡帳や「学校便り」はそそくさと見るだけで、一番関心を示《しめ》して読んでいるのは、「給食便り」や「給食献立表《こんだてひょう》」なのです。

優ちゃんは3年生ころから病院に行くことが多く、欠席が続きました。給食を食べることができなくなった優ちゃんですが、献立に出ている給食についていろいろ質問《しつもん》するようになっていました。そこでゆかりは、ラッキー野菜のニンジンとピーマンで弟と自分が当たった話をして聞かせました。楽しそうに聞いていた優ちゃんに、自分がゲットした黄色の色鉛筆《いろえんぴつ》をプレゼントしました。

「うわー、うれしい！　わたしスイセンの黄色大好き」
　優ちゃんが思いのほか元気な声で喜《よろこ》ぶので、ゆかりはびっくりしました。おやつのお茶とお菓子《かし》を持ってきたお母さんも加わって、昨年の冬、家族で出かけた越前岬《えちぜんみさき》水仙《すいせん》ランドの話で盛《も》りあがりました。スイセンは冬の花であり、黄色の花弁《かべん》のスイセンが冬枯《ふゆが》れの海に面した一帯に咲《さ》き誇《ほこ》り、優ちゃんはゆっくりと見物しながらスマートフォンで盛《さか》んに写真をとったそうです。そのときの写真をタブレットで一緒《いっしょ》に見たところで、ゆかりは優ちゃんの体調を考えて早々に退出《たいしゅつ》することにしました。
　ゆかりは優ちゃんの家からの帰り道、いつも優ちゃんが言う言葉を思い出していました。優ちゃんは別れ際《ぎわ》に
「ゆかり、ありがとう」と言ってから、手に持っている「給食便り」と「献立表」を両手に持って顔に当て、「献立表、ありがとう」と言うのです。

「献立表、ありがとう」という言葉はゆかりに言っているのではなく、献立をつくってくれた先生や調理員の人たちと給食に感謝《かんしゃ》する気持ちを伝えたかったのではないだろうか。長いこと給食を食べたことがない優《ゆう》ちゃんの気持ちを思うと、献立表《こんだてひょう》は忘《わす》れないで持ってこようと思いました。

第3章
おふくろの味と郷土《きょうど》料理

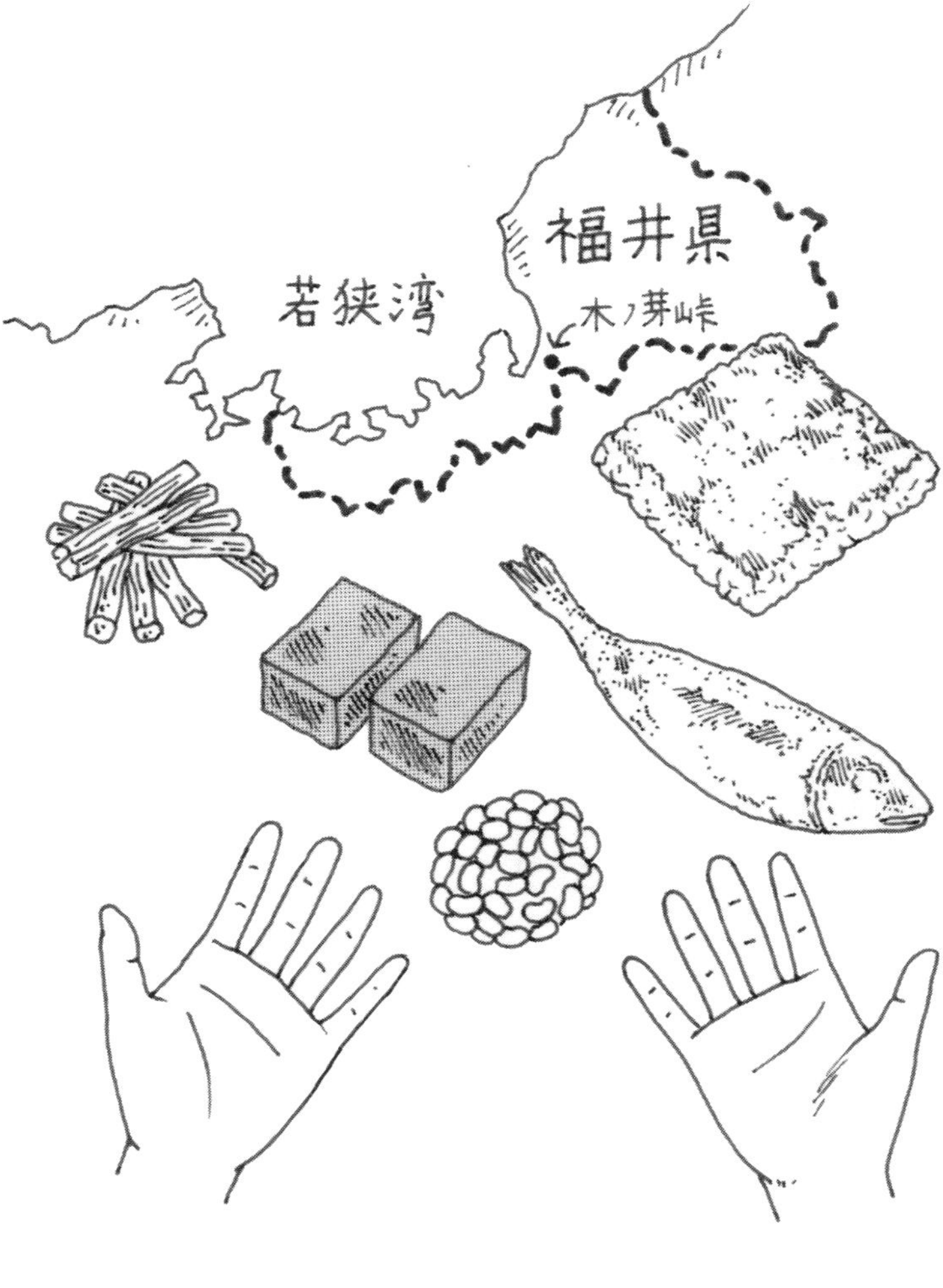

バカでかい看板《かんばん》にびっくり

キッチンで、夕飯のしたくをしていたお母さんに、浩一《こういち》は、こんなことを聞きました。

「お母さん、おふくろの味って、どういう意味なの?」

お母さんは瞬間《しゅんかん》「なに? それ」と思いましたが、すぐに浩一の質問《しつもん》の意味がわかりました。数日前、近くの県道ぞいの田んぼのわきに大きな看板が建ったのです。畳《たたみ》6枚《まい》くらいを横並《よこなら》びにしたような看板に、湯気が立つような家庭料理のカラー写真がいくつも配置され、左から右にかけて大きな毛筆体で「おふくろのあじ」と書かれています。飲食店の看板であることはすぐわかりますが、「おふくろのあじ」が店の名前なのか、たんなる呼《よ》び込《こ》み言葉なのか、いまひとつわかりません。

通学路からも遠目に見えるので、子どもたちの話題になっているに違《ちが》いありません。お母さんも気になって車で通りすがりに、どこにある店なのか見ようとしますが、あっという間に通過《つうか》してしまうのでわかりませんでした。この看板には、お父さんもゆかりも当然気がついており、二人ともちゃんとスマートフォンで写真撮影《さつえい》していました。「おふくろのあじ」は店の名前で、道の駅のすぐ近くに開店したファミレス風のレストランでした。

夕飯の食卓《しょくたく》では、おふくろの味で盛《も》り上《あ》がりました。「おやじ」と「おふくろ」という言葉は、おとなたちの会話によく出てくるのでゆかりも浩一も何となくわかっていました。おふくろとは母親のことを親しんで言う言葉です。物知りのお父さんの説明だと、鎌倉《かまくら》時代に武家《ぶけ》の主婦《しゅふ》が一家の財産《ざいさん》を入れた袋《ふくろ》を管理していたことから「御袋様《おふくろさま》」と呼《よ》ばれるようになり、これがやがて母親をおふくろさんと呼《よ》ぶようになったのだそうです。

「おふくろって、カンガルーのお母さんと同じだ」と浩一《こういち》が言ったので、みんな口々に「うまいー」「やるねえ」などとほめます。浩一は得意《とくい》満面の表情《ひょうじょう》でした。

「おふくろのあじ」を漢字では「お袋《ふくろ》の味」と書きます。子どものころに母親がつくってくれた料理の中でも、とくにおいしかった記憶《きおく》のある食べ物をいいます。日本では昔からこの言い方で、子ども時代の食べ物や母親のつくった料理を話題にしてきました。

ところが最近になって、おふくろの味はだんだん存在感《そんざいかん》が薄《うす》くなってきました。レトルトやインスタントの食品が普及《ふきゅう》し、多種類の加工食品も出てきたので、お母さんたちの料理をするやり方が変わってきたのです。簡単《かんたん》に言うと、手早くそれなりの料理ができるようになりました。全国どこでも、スーパーで買った同じような食材で同じような料理をつくれるようになったのです。育児と仕事をしながら家事もこなす時代になったので、お母さんたちに手の込《こ》んだ料理をつくる余裕《よゆう》がなくなったことも、大きな原因《げんいん》になっています。

おふくろの味は郷土《きょうど》料理だった

ゆかりが「私《わたし》のおふくろの味は、なんといってもウノハナ。お母さんがつくるあの味は、私がまねしてつくっても絶対《ぜったい》におふくろの味にならないんだよね」と言います。

お母さんが満足そうにうなずいています。福井県では昔から大豆は家庭菜園で大事につくられ、食べられてきた野菜です。それを材料にした焼き油揚《あぶらあ》げ、打ち豆なます、呉汁《ごじる》、などが有名であり、ウノハナも評判《ひょうばん》の郷土料理です。

お母さんのウノハナは、チクワ、ニンジン、シイタケを炒《いた》め、おからを加えてから秘伝《ひでん》のタレを振《ふ》りかけて炒め合わせ、最後に刻《きざ》みネギを加えてひと煮立《にた》ちさせて完成。しかしお母さんに言わせると、材料のチクワ、ニンジン、シイタケの切り方からコツがあるそうで、途中《とちゅう》で酒を振りかけ、また、みりん、しょう油、砂糖《さとう》を合わせたタレの作り方にも秘密《ひみつ》があるようです。

ニンジンは、繊維《せんい》に沿《そ》った短冊《たんざく》切りにすると歯応《ごた》えが残ってかみ応えが出ておいしくなり、チクワもシイタケもおからとなじむように薄《うす》く切るのがコツだといいます。調理員をしているお母さんは、野菜の切り方にとてもうるさく、キッチンではいつもゆかりに教えていますが、簡単《かんたん》には覚えられません。タマネギ、キャベツなども、炒める、煮る、サラダにするなどで切り方が違《ちが》うというのです。お母さんのつくるおふくろの味は、そのようなワザを集めた料理だからおいしくなるのは当たり前です。

お母さんに言わせると、学校給食をつくる調理場では常識《じょうしき》だというのです。そのような調理技術《ぎじゅつ》を積み上げた中でつくられているので、学校給食はおいしくできるのです。

「あのウノハナは絶品《ぜっぴん》だよ。お父さんも大好きだ」とお父さんが言えば、浩一《こういち》もすぐに「ぼくも好き」と続きます。

お母さんは、「母からならった味だから、うちの伝統《でんとう》のお宝味《たからあじ》です。ゆかりがお嫁《よめ》に行くまでに、料理法を全部教えてあげるよ」と言います。

ゆかりはその日、家族に聞き取りをして「わが家のおふくろの味」のベスト5をまとめてみました。家族みんなが気にいっているものは、「焼き油揚《あぶらあ》げ」「サトイモのころ煮」「イモあべかわ」「鯛《たい》まま」「たくあんの煮たの」でした。

これらはすべて福井県の郷土《きょうど》料理として広く知られていますが、福井にはもっと有名な郷土料理がたくさんあります。

ゾウの顔をした福井県

6年生の家庭科の授業《じゅぎょう》で福井県の郷土《きょうど》料理を学習することになりました。家庭科を担当《たんとう》する持田早苗《もちださなえ》先生が、給食配膳《はいぜん》のときにおかずなどを入れる大きめのバットを抱《かか》えて教室に入ってきました。バットは机《つくえ》の上に置いて、まず黒板に大きな福井県の地図を広げます。日本海に面した福井県は、陸よりの背後《はいご》は、石川・岐阜《ぎふ》・滋賀《しが》県・京都府に囲《かこ》まれています。南北に長く広がる独特《どくとく》の地形をした県で、ゾウの顔を横から見たように見えます。

ゾウの鼻の根元に当たるところが木の芽峠《とうげ》であり、その峠よりも東のゾウの顔の部分を嶺北《れいほく》、ゾウの鼻の部分を嶺南と呼《よ》び、気候風土も文化も違《ちが》うのです。細長く西に延《の》びたゾウの鼻の部分は若狭湾《わかさわん》に面しており、季節の移《うつ》ろいを正確《せいかく》に刻《きざ》みながら豊富《ほうふ》な海の幸を運んできます。

持田先生が改めて教室を見渡《みわた》し、こんなことを言ったので教室がざわつきました。

「私たちはいま嶺北の福井市に住んでいます。レインボーライン山頂《さんちょう》公園から嶺南の三方五湖《みかたごこ》と若狭湾を見たひと……」と問いかけると、ほぼ全員の手が挙《あ》がりました。三方五湖とは、美浜町と若狭町にまたがる５つの湖のことで、公園の上から見える絶景《ぜっけい》は若狭湾国定公園の観光名所として有名であり、最高のドライブコースなのです。持田先生は、若狭湾沿岸《えんがん》はノコギリの歯のようにギザギザと入り組んだリアス海岸であり、沿岸漁業や養殖《ようしょく》などが盛《さか》んになったことを語りました。江戸時代には北前船《きたまえぶね》の寄港《きこう》地として発展《はってん》し、福井のコメを各地に運んだり、北海道からニシンをイネの肥料《ひりょう》として運んだりしてきた歴史を語って聞かせました。

持田先生は、黒板に大きな字で「越山若水《えつざんじゃくすい》」と書きました。

「なんと読むかわかる人？」

と言って教室を見渡《みわた》すと、次々と手が挙《あ》がりました。

教室中が声を合わせて
「えつざんじゃくすい、です」

という答えに、持田先生は
「そのとおりです。福井県生まれの人がこれを知らないと恥《はじ》ですよ」と言います。その意味は「越前の緑豊《ゆた》かな山々と若狭《わかさ》の美しい水に囲《かこ》まれた土地という意味です」と説明します。

四季の変化がはっきりしているのもとくちょうですが、冬は曇《くも》りや雪の日が多く、厳《きび》しい季節になります。しかし夏の日照時間は、東京よりも多いのも福井のとくちょうになっています。

持田先生の説明はさらに続きます。水が豊富《ほうふ》なのも福井のとくちょうで、内陸部には湧《わ》き水《みず》や地下水が多く、水質《すいしつ》がやわらかくてイネの生育に適《てき》していま す。コシヒカリは福井県の農業試験場で育種改良して生まれた史上《しじょう》最高のイネと言われています。その後、福井県では「いちほまれ」というコシヒカリより甘《あま》い、次世代のおいしいコメを世に出しています。

代表的な海の幸と山の幸

子どもたちは、持田先生が持ってきたバットの中身が気になって仕方ありませんでしたが、いよいよそれを開けるときがきました。持田先生がバットのフタをとり、中から食べ物の入った器を机《つくえ》の上に並《なら》べていきます。大きめのビンに入っている赤いものが出てきたとき「あっ、すこだ」と大きな声があがりました。先生はすかさず「当たりです」と言って、笑っています。お皿の上にのっているのは、明らかに魚ですから、誰《だれ》もがすぐにわかりました。「サバのへしこ」です。教室中がざわついています。

「これは福井県の代表的な郷土《きょうど》料理です。みなさん、わかりますね。こちらから順番に名前を言ってください」

先生がそう言うと、たちまち、「すこ」「サバのへしこ」「ほうば飯」「とびつき団子《だんご》」「丁稚《でっち》羊かん」と名前があがりました。いずれも家庭でもよく食べられ給食にも出ているので、誰でも知っています。

「すこ」とは、ヤツガシラの茎《くき》を酢《す》に漬《つ》けたもので、酢に漬けると鮮《あざ》やかに赤く染《そ》まるのです。福井県は、座禅修行《ざぜんしゅぎょう》で有名な曹洞宗《そうとうしゅう》の大本山の永平寺《えいへいじ》など多くの宗派《しゅうは》の寺院が集まっている県として知られています。人口当たりの寺院数が日本で一番多い県です。各宗派ごとに行事があり、「すこ」は親鸞《しんらん》を開《かい》祖《そ》とする浄土真宗《じょうどしんしゅう》で、行事のときに出される精進《しょうじん》料理のひとつです。

福井県は日本海と若狭湾《わかさわん》に面しており、暖流《だんりゅう》と寒流がぶつかり合って豊富《ほうふ》なエサがあり、そのエサで育った魚介類《ぎょかいるい》はうまみが増《ま》します。代表的なものがサバです。「へしこ」はサバの内臓《ないぞう》をとりだして身を塩漬《しおづ》けし、さらに糠漬《ぬかづ》けすることで腐《くさ》らせないで長期保存《ほぞん》できる発酵《はっこう》食品です。あぶらののったサバは、さまざまな料理の食材として活用されており、持田先生は思い出しながら黒板に書いていきました。「梅酢たつたあげ」「かば焼き」「みそ煮《に》」「ゴマみそかけ」「サバと野菜の酢《す》みそあん」「サバとネギのぬた」。

「ほうば飯」は、ほうの葉にご飯と甘《あま》いきな粉《こ》を包んで重しをかけてつくるもので子どもたちの大好物です。「とびつき団子」とは甘いササゲをモチにからめたもので、給食の行事食などでも出てきます。

持田先生は、給食に出てくる郷土料理を大きな字で書いたリストを黒板に張《は》り出《だ》し、同じものをプリントして配布《はいふ》しました。

福井県の学校給食に出てくる代表的な郷土《きょうど》料理

郷土料理	備考《びこう》
焼きサバ	サバの丸焼き
カニご飯	越前《えちぜん》カニのご飯
へしこ	魚の糠《ぬか》漬《づ》け
なまぐさ汁《しる》	サバのほぐし身を入れた具だくさんな汁
ぼっかけ	ご飯の上に具材たっぷりの汁をぶっかけたもの
おつぼ	小豆《あずき》とサトイモの煮物《にもの》を入れた精進《しょうじん》料理
たくあんの煮たの	古漬けのたくあんを煮たもの

打ち豆料理	大豆をつぶしてみそ汁や煮物などに入れる
ほうばめし	朴《ほう》の葉《は》で包んだ、砂糖《さとう》と塩入りきな粉《こ》をからませた飯
長寿《ちょうじゅ》なます	長生きするとされ、お正月には欠かせないなます
丁《でっ》稚《ち》羊かん	奉公《ほうこう》に出た丁稚さんが水羊かんをお土産《みやげ》に里帰り
ソースカツ丼《どん》	トンカツを甘《あま》いソースにからめてご飯の上にのせる
厚《あつ》揚《あ》げの煮物	厚揚げの煮物（福井県は厚揚げの消費量が全国一位）
すこ	ヤツガシラの茎《くき》である赤ずいきの酢《す》漬け

ゆかり一家4人がファミレスの「おふくろのあじ」に行ったのは、それから間もなくでした。店内に入ってみると壁《かべ》一面に料理の写真がはりめぐらせてあるのにびっくりしました。どれもおいしそうな料理で、写真には料理名と都道府県名の説明書きがありました。47都道府県の郷土料理の写真だったのです。

テーブルには、47都道府県の代表的な郷土料理の写真とそのレシピが書かれたパンフレットも備《そな》えてあり、季節に応《おう》じてその中の料理のいくつかを店で出すようになっています。

飽《あ》きずに眺《なが》めていた浩一《こういち》が、「ちゃんちゃんこがあった」と妙《みょう》なことをつぶやきます。お母さんがのぞいてみると、それは北海道を代表する郷土《きょうど》料理の「ちゃんちゃん焼き」のことでした。

「これ、おいしいんだよ。北海道のサケと北海道でとれたジャガイモ、タマネギ、キャベツ、ピーマンなどをバターとサラダ油で焼くんだよ。塩コショウだけの味つけが好き。素朴《そぼく》でおいしいよ」

お母さんがそう言うので、さっそく注文して家族みんなで楽しみました。福井県には沿岸《えんがん》の海で育てられた養魚サーモンが地域《ちいき》の名産物として食べられており、福井県にもちゃんちゃん焼きがありました。

丁稚羊《でっち》かんで待っていた

ゆかりが優《ゆう》ちゃんの家に定期便を持って訪問《ほうもん》すると、優ちゃんは応接室《おうせつしつ》で待っていました。いつもより調子がよさそうです。話題は、学校の行事や授《じゅ》業《ぎょう》のことより給食のことがどうしても多くなります。この日は家庭科で習った郷土料理の話のあと、ゆかり一家がファミレスの「おふくろのあじ」へ行ったことに話題が広がりました。

優ちゃんがすごいのは、こうした学校の授業の内容《ないよう》や行事をネットで調べているることでした。だからレストラン「おふくろのあじ」の内装《ないそう》のありさまや日本全国の郷土料理の写真が展示《てんじ》されていることも、ネット情報《じょうほう》でちゃんと見ていて、ほとんど同じ感覚で会話ができます。

優《ゆう》ちゃんのお母さんが、おやつにお茶と水羊かんを運んできました。優ちゃんは、ゆかりに

「どうぞ、どうぞ」とすすめながら「これってわかるよね」と聞きます。

「でっち?」とゆかりが応《おう》じると

「当たりー、丁稚《でっち》羊かん」と優ちゃんが言って、二人で大笑いしています。

先日の家庭科の授業《じゅぎょう》でも、福井県の郷土《きょうど》料理のひとつとして「丁稚羊かん」は出ていました。大正時代のころ福井県から京都に丁稚奉公《ほうこう》に出た子どもや青年たちが、お正月に福井に帰郷《ききょう》するときにお土産《みやげ》に持ち帰った羊かんが最初といわれています。

お土産の羊かんを近所に配ると足りなくなるので、水で伸《の》ばしてつくり直し、いわば「水増《みずま》し」して、まるで水羊かんのようになったものを配ったようです。すると、水羊かんの風味がありつつ甘《あま》みがほどよく弱くなったので、もてはや

されました。何かと食事制限《せいげん》のある優ちゃんも、これなら少量だけ食べられるのです。

ゆかりは、浩一《こういち》が北海道の「ちゃんちゃん焼き」を「ちゃんちゃんこ」と語ったことを持ち出し、二人で笑い転げました。優ちゃんはちゃんちゃん焼きをお父さんの兄である伯父《おじ》さんから聞いて知っていたそうです。北海道の大学で学んでいた伯父さんにつくってもらって食べたことがあり、伯父さんは北海道での学生生活をよく語って聞かせてくれました。また、ときどきギターを持ち出して「風のふるさと」という歌をうたってくれたというのです。

「えー、どんな歌？」とゆかりが聞くと

「男性《だんせい》バンドのコーラスなんだ。今度、ユーチューブで、すぐに聞けるようにしておくからね」と言います。

ゆかりは「風のふるさと」を聞く約束をして、この日は優ちゃんと別れました。

第4章
バットをひっくり返した！

1学期最後の1年生サポート

事件《じけん》が起きたのは、さくら小学校1年生の教室でした。1学期の最後の給食の時間であり、6年生が給食配膳《はいぜん》のサポートをするのはこの日が最後です。2学期からは1年生がすべて自分たちでやることになります。

給食委員のゆかりと明君らクラスの4人がカートに給食を乗せて1年生の教室までできました。この日の献立《こんだて》は次のようなものでした。

ご飯、トリ肉のさっぱり煮《に》、野菜のごま油炒《いた》め、青菜のみそ汁《しる》、牛乳《ぎゅうにゅう》

トリ肉のさっぱり煮は、トリ肉をニンニクとショウガで煮て、味付けはしょ

う油とお酢《す》と砂糖《さとう》です。野菜のゴマ油炒めは、タマネギ、ニンジン、キャベツ、モヤシを使っています。味付けは、塩コショウとオイスターソースです。青菜のみそ汁は、油揚《あ》げ、ジャガイモ、ニンジン、シメジ、コマツナが入っています。副菜と汁物に野菜をたっぷり使用した、夏の暑さに備《そな》える由美先生の素晴《すば》らしい献立です。

カートからご飯、スープ缶《かん》、トリ肉のさっぱり煮の入った大バット、野菜のごま油炒めが入った小バットなどを配膳台に次々と移動《いどう》しているとき事件は起きました。明君がうっかり手を滑《すべ》らせて、小バットに入っていた野菜のごま油炒めを床《ゆか》にぶちまけてしまったのです。

「あっ！」と叫《さけ》んだ一瞬《いっしゅん》の間をおいて、教室中が大騒《おおさわ》ぎになりました。明君はものすごい勢《いきお》いで教室の後ろからぞうきんを持ってきて床をふき始めました。

１年生は見ているだけで、６年生が後始末をしなければなりません。

担任《たんにん》の尾崎由紀子《おざきゆきこ》先生は、「大丈夫《だいじょうぶ》よ。あわてないでね。十分にあるから」と明君の顔をのぞきこむようにして話しかけています。十分にあるというのは、野菜のごま油炒《いた》めのことです。こういうことがあった場合、学校では緊急対応策《きんきゅうたいおうさく》を立てています。給食委員をしているゆかりは小走りに走って、まず小森先生に報告《ほうこく》しました。それから放送室に駆《か》け込《こ》み、放送機器のスイッチを手早くいれると校内放送で全校に流しました。

「1年生の小バットを落としてしまいました。各クラスから少しずつ1年生にください。ご協力をお願いします。繰《く》り返《かえ》します……」

給食室から由美先生がバットを抱《かか》えて急ぎ足で1年生の教室に向かっています。たちまち、全校の各クラスから野菜のごま油炒めを盛《も》ったボールを抱えた子どもたちが集まってきました。担任の尾崎先生と由美先生がテキパキとあちこちのボールからおかずをもらい、あっという間に1年生の小バットの中身は、十分過《す》ぎるほどの量になりました。

学校では給食配膳《はいぜん》のときに、料理を床《ゆか》に落とすことがときたまあるのです。しかしそんなときでも、他のクラスからみんなで少しずつ持ち寄《よ》って、すぐに補充《ほじゅう》してしまいます。このような体験を通じて助け合う気持ちが子どもたちに根付いていきます。

ところがです。この日、事件《じけん》はさらに続きました。明君がもう1回、やらかしてしまったのです。教室に戻《もど》ってきた明君たち1年生のサポート係は、みんな照れた表情《ひょうじょう》になっています。校内放送で流れているので、小バットを床に落とした失敗《しっぱい》はクラス中が知っています。失敗したのは明君であることも、明君の表情から察しました。明君は気を取り直して配膳机《はいぜんづくえ》から自分のトレーを持って席に向かいました。

一番後ろの席に戻ろうとした明君が、足を何かに引っかけたのか前のめりに転がり、ガチャーンという音とともに食器が載《の》っていたトレーが空中に放り出され、周囲《しゅうい》から「あ、あー！」という大きな声が上がりました。ご飯、主菜、副菜、汁物《しるもの》すべてが床《ゆか》にまかれてしまったのです。なんということでしょう。明君は2回もやってしまったのです。

しかし、それからの明君はすごかったのです。「あっ、悪い！」と声を出すと同時に素早《すばや》く教室の後ろにあるぞうきんをもってきて、手際《てぎわ》よく床をふいていきます。ふきおわると廊下《ろうか》の洗《あら》い場《ば》に走って行って自分のハンカチを水道でぬらしてくると、汁物やおかずを受けて洋服を汚《よご》したクラスメートを探《さが》しては「ごめん、ごめん」と言いながらふき始めました。その行動の早さを、クラス中があっけにとられて見ており、小森先生は何も言わずに、にこやかな顔で見守っています。

誰《だれ》かが後始末を手伝うこともないまま、あっという間に失敗した痕跡《こんせき》はなくなり、明君は残っていた給食を改めてトレーにもらって席につきました。明君は体格《たいかく》が大きく、とくに徒競走《ときょうそう》では校内で一番速く走るので人気者でした。運動会の地域対抗《ちいきたいこう》リレーではいつもアンカーを走り、下位でバトンを引き継《つ》いでもあっという間にごぼう抜《ぬ》きにしてトップでゴールを駆《か》け抜けるのです。勉強もよくできるし、クラスのリーダーになっているので、とくに女子たちには絶大《ぜつだい》な人気者でした。運動神経抜群《しんけいばつぐん》の明君がこともあろうに、1日に2回も給食を床にまいてしまう失敗をしたのです。しかしクラスの誰も、明君の失敗を面白がったり、あわれんだり、かわいそうだなと思ったりする人はいませんでした。

騒《さわ》ぎが一段落《いちだんらく》したところで小森先生が「今日は安心したよな」と言い出したのでみんな、あれっと思いました。何に安心したのだろう。子どもたちは、小森先生の次の言葉を待ち受けます。

「明だって失敗することがあるんだよ。安心したよ。失敗しても明の後始末はすごかったよな。誰《だれ》にも迷惑《めいわく》をかけないで、一人であっという間に片付《かたづ》けてしまった。あれでもう十分、失敗を帳消しにしたな」と言うと、何人かが拍手《はくしゅ》をしました。小森先生はうなずき、ほかの子も続いて拍手して明るく笑いました。明君は、ひたすら照れていました。このようなときの小森先生は、独特《どくとく》の言い方で指導力《しどうりょく》を発揮《はっき》するので、子どもたちの間で絶大《ぜつだい》な信頼《しんらい》がありました。

七夕献立《たなばたこんだて》に出てきた「ゆかりご飯」

「7月は半夏生《はんげしょう》と七夕祭りと夏休み」

こんな標語をつけた由美先生の「給食便り」が、先月から配布《はいふ》されていました。夏至《げし》の日から数えて11日目を半夏生と言います。この年の半夏生は7月2

日でした。

「給食便り」に描《えが》かれているお殿様《とのさま》の絵の吹《ふ》き出《だ》しに「サバを食べて栄養をつけて疲《つか》れをとるのじゃ」とあります。昔のお殿様が、田植えを終えた半夏生のころに、農民が疲《つか》れをとるために、福井の海でこの時期にとれるあぶらの乗った旬《しゅん》のサバの丸焼きを食べるようにすすめたという言い伝えが書いてあります。給食にも焼いたサバの切り身が出てきました。

７月７日は七夕祭りです。七夕の夜、彦星《ひこぼし》と織姫《おりひめ》が年に一度だけ、天の川を渡《わた》って会うことを許《ゆる》されたという中国の伝説が始まりといわれています。この日は、願い事を書いた短冊《たんざく》をササに飾《かざ》ったり行事食のそうめんを食べたりして楽しみます。この日の給食は、七夕献立で、ゆかりのクラスメートの間では何日も前から話題になっていました。「ゆかりご飯」が出るからです。七夕献立は、次のようなものでした。

エダマメゆかりご飯、カマスのフライ、野菜の磯香《いそか》あえ、七夕《たなばた》すまし汁《じる》、七夕ゼリー、牛乳《ぎゅうにゅう》

赤いシソの葉を塩漬《づ》けし、乾燥《かんそう》させて細かく砕《くだ》いたものを「ゆかり」といいます。エダマメの緑色と赤いゆかりを混《ま》ぜ込《こ》んだエダマメゆかりご飯は赤と緑のコントラストがきれいなご飯です。

野菜の磯香あえは、火を通したホウレンソウ、モヤシ、ハクサイに刻《きざ》んだ焼きのりをたっぷり入れたあえ物です。七夕のすまし汁は、そうめんを天の川に見立て、輪切りオクラを星に見立てて入っています。七夕ゼリーには、星形のパイン缶詰《かんづめ》を使っていました。

なかなか手の込んだ給食を子どもたちは楽しそうに食べています。自分の名

前がついたご飯が出てきたゆかりは、クラス中がゆかり、ゆかりと呼《よ》びながら食べるので、とりわけ楽しく食べました。

五色と三色ってどんな意味？

浩一《こういち》が家で夕方から、新聞紙で折った紙かぶとをかぶっています。この日の授業《じゅぎょう》でかぶとの折り方を習ったのです。かぶとには帯状《おびじょう》に色が塗《ぬ》ってあります。

「なに、その色？」といううゆかりの質問《しつもん》に、浩一は「七夕さまの五色の願いだよ」と返します。授業で女子は五色の短冊《たんざく》に願いを書き、男子はつくった紙かぶとに放射状《ほうしゃじょう》に五色の色付けをしたのです。浩一は、ノートに書いてきた五色の意味を得意《とくい》になって読み上げます。

「青は人間性《にんげんせい》の向上、赤は感謝《かんしゃ》のこころ、黄色は信頼《しんらい》、白は義務《ぎむ》と規律《きりつ》を守る、黒は学力の向上なんだよ」

　男子はこの五色にあやかって成長しましょうという意味で紙かぶとに色付けをし、女子は五色の短冊《たんざく》に願いをこめて教室に飾《かざ》ってあるササの枝《えだ》にくくりつけました。給食センターの仕事を終えて帰ってきたお母さんがこの話題に加わりました。

「五色の意味は、古い中国の教えが日本に入ってきたもので、青は木、赤は火、黄色は土、白は金、黒は水を表すんだって。日本の文化に根付いている色と自然の関係だよ」

　こいのぼりの吹《ふ》き流《なが》しは五色であり、神社の吹き流しも同じ五色で「魔《ま》よけ」の願いになっています。お母さんが二人に問いかけました。

「栄養には三色のグループがあるよね。覚えている？」

　ゆかりは、うんうんとうなずいていますが、浩一《こういち》は慌《あわ》てて「給食便り」をさがし始めました。由美先生が以前に配布《はいふ》した「給食便り」に、たしかあったことを思い出したのです。それは赤・黄・緑の三色であり、食品に含《ふく》まれる栄養素の働きを説明したものでした。

血液《けつえき》や肉や骨《ほね》をつくる食品を赤のグループとし、おもに体をつくるもとになるものです。栄養素《えいようそ》としてはタンパク質《しつ》・ミネラルを多く含《ふく》んでいます。病気にかかりにくくする食品グループは緑のグループとし、おもに体の調子を整えるもとになります。栄養素はビタミン・食物繊維《しょくもつせんい》です。そして熱や力のもとになる食品グループは黄のグループで、おもにエネルギーのもとになります。栄養素は炭水化物・脂質《ししつ》です。

この三色のグループにわけて、さまざまな食品が描《えが》かれている絵やポスターが、学校では廊下《ろうか》の壁《かべ》や給食室の壁に掲示《けいじ》されています。赤グループの食品は魚・肉・卵《たまご》・大豆・海藻《かいそう》など、緑グループは野菜・果物・キノコなど、黄のグループは、穀類《こくるい》・イモ類・砂糖《さとう》・脂質《ししつ》などです。この中でも不足しがちの色は緑のグループです。

給食では果物やミニトマト以外の野菜類は、すべて加熱することになっています。しかし野菜には熱に弱い栄養素《えいようそ》や水に溶《と》けだす栄養素もあるから、加熱すると栄養素が減《へ》ってしまう。かといって必ずしも生がいいわけではなく、消化と吸収《きゅうしゅう》がむずかしいものもあるのです。

「給食はそういうことも考えて献立《こんだて》をつくり調理しているんだよ。しかも子どもたちがおいしく食べてくれなければ、なんにもならない。給食室は毎日、大変なんだよ。子どもたちも保護者《ほごしゃ》もわかってくれているかなあ」

笑いながら語っていますが、お母さんの言い方は、どうしてもこんな具合になってしまうのです。

体は水とタンパク質《しつ》でできている

梅雨《つゆ》が明け夏休みが始まると急に暑さが厳《きび》しくなってきました。７月と８月は「熱中症予防強化月間《ねっちゅうしょうよぼう》」になっています。気温が35度を超《こ》える猛暑日《もうしょび》は、とくに注意が必要だとあちこちでいわれています。ゆかりと浩一《こういち》は、お母さんに誘《さそ》われて「夏休み母と子の熱中症予防教室」に行くことにしました。テーマは体の中の水分についての勉強会です。ゆかりと浩一は、勉強会よりも、会場になっているデパートの屋上で売っている氷あずきのことが気になっており、お母さんにどうおねだりするかをひそかに相談していました。

教室で教わったことでびっくりしたのは、人間の体の60パーセントから70パーセントが水分でできているということでした。たとえば体重が50キログラムの人の水分は30キログラムから35キログラムもあるそうです。講演《こうえん》をしてく

れた学校栄養士会の水田眞由美《まゆみ》先生が

「体の中の水分には三つの大きな役割《やくわり》があります。さあ、何でしょうか？　わかる人、手をあげてください。景品が出ますよ」と子どもたちに問いかけます。景品がアイスと聞いて、ゆかりはすぐに手を挙《あ》げて

「血液《けつえき》となって酸素《さんそ》や栄養を運ぶ役割です」と答えました。

「よくできました」と言って先生は、景品のアイス引換券《ひきかえけん》をくれました。あと二つがむずかしい。なかなか出ないので眞由美先生は顔見知りのお母さんの方を見ながら

「大人の方はどうですか」と問いかけます。ただし大人にはアイスの景品は出ません。お母さんが手を挙げて

「尿《にょう》となって体の排《はい》せつ物《ぶつ》を体外に出すこと、もう一つは汗《あせ》となって体温を調節することではないでしょうか」と答えました。

「すばらしい、正解《せいかい》です」とほめられ、先生に「スポンジたわし」をプレゼントされたお母さんは、にこにこ顔でした。

人間が１日にとる水分量は２リットルから２・５リットルです。飲み水だけでなく、野菜や果物など食事からも水分はとっています。おすすめは「具だくさんの薄味《うすあじ》のみそ汁《しる》」と先生は言っていました。体の水分が減《へ》っていくと体温が上がり、運動能力《のうりょく》が低下していきます。汗をかきやすい子どもは水分の出入りが激《はげ》しいため、熱中症《ねっちゅうしょう》になりやすいと語っていました。

ゆかりと浩一《こういち》は、帰りがけにお母さんを屋上に誘《さそ》い、ゆかりは景品のアイスだけでなく、目的の氷あずきもゲットしました。姉弟にとって、大満足の一日となりました。

第5章
「食育」を説いた石塚《いしづか》左玄《さげん》

海水浴場で語った7月の献立《こんだて》

夏休みに入って間もない日、ゆかりは学校便りや夏休み課題の資料《しりょう》、給食便りなどを持って優《ゆう》ちゃんの家に行きました。この日は越前岬水仙《えちぜんみさきすいせん》ランドに近い海水浴場にいっしょに行く約束があったので、お昼に食べるおにぎりとおやつも入れた、しゃれたストックバスケットをさげていました。高校の生物の先生をしている優ちゃんのお父さんが、この日は生物クラブの指導《しどう》があって学校に行くので、ついでに海水浴場まで遠回りして二人を送り届《とど》け、帰りも迎《むか》えにくるという予定でした。

空は見渡《みわた》す限《かぎ》り真っ青に晴れ渡り、灼熱《しゃくねつ》の太陽が降《ふ》りそそぐ猛暑日《もうしょび》でした。大きめのつばのついたサファリ風帽子《ぼうし》をかぶったゆかりが優ちゃんの家に行くと、コットンの手さげ袋《ぶくろ》を持って玄関《げんかん》から出てきた優ちゃんが、同じような帽子をかぶっています。二人は思わず笑い「おそろい、イエーッ」と叫《さけ》んでハイタッチをしました。

海岸線を走っていると、どこもかしこも大勢《おおぜい》の海水浴客でにぎわっていました。優ちゃんは紫外線《しがいせん》を避《さ》けて屋外には出ないため、二人は海水浴場の一番はしにある空いている「海の家」で楽しむことにしました。

トウモロコシを焼いているいい匂《にお》いが、どこからか漂《ただよ》ってきます。「トウモロコシ、食べよう」と二人の意見が一致《いっち》し、ゆかりが買いに走っていきます。

優ちゃんはアミノ酸代謝異常症《さんたいしゃいじょうしょう》という難《むずか》しい病気と闘《たたか》っているので、いつも食事療法《りょうほう》の食事かお母さんがつくった特別食を食べています。この日も優ちゃんは、小さな特製《とくせい》のサンドイッチと、何種類かの薬剤《やくざい》やサプリメントを手さげ袋《ぶくろ》に入れて持ってきていました。しかし、優《ゆう》ちゃんは「ちょびっとならトウモロコシも食べられる」と言うのです。

優ちゃんは、ゆかりが買ってきたトウモロコシを食べながら、7月の給食便りを広げ

「七夕献立《たなばたこんだて》、おいしかった?」と聞いてきます。「ゆかりご飯」が出たあの献立です。

「わたしね、赤いシソのゆかりの香りが大好き。体にいいんだよね」と優ちゃんが言います。

「ゆかり、ゆかりって、教室じゅう、うるさかった」とゆかりが応《おう》じて笑いました。7月の献立表を見ながら、優ちゃんは次々とゆかりに質問《しつもん》をしてきました。

「ふるさと献立ってあるけど、なんでピタパンなんだろう。ピタパンのふるさ

とはアラブの国だよね。ピタはギリシャ語でパイのことらしい。イタリアのピザの語源《ごげん》とネットには出ているよ」

優ちゃんのネット知識《ちしき》は半端《はんぱ》ではありません。ゆかりはすぐに反応《はんのう》しました。

「これね、そっちのふるさとじゃなくて、福井の日本海でとれるサゴシが主役らしいよ」

サワラは出世魚で、サゴシとはサワラの小さいころの呼《よ》び名《な》です。その日の献立は次のようなものでした。

ふるさと献立

ピタパン、サゴシのイタリアンフライ、ボイルドキャベツ、野菜スープ、

一食ケチャップ、牛乳《ぎゅうにゅう》

サゴシの切り身に塩こしょうしてオリーブオイル・レモン汁《じる》・パセリを付けてフライにします。これとゆでキャベツとケチャップをつけてピタパンにはさんで食べます。野菜スープは、マカロニ・タマネギ・ニンジン・サヤインゲンが入ったコンソメスープ味。

「なーるほど。おいしかった？」と優《ゆう》ちゃんが聞いてきます。

「それがピタパンと中にはさんだ具の取り合わせがぴったりなんだ。スープもおいしかった」そうゆかりが言うと、すかさず優ちゃんは

「由美先生って、こういう献立《こんだて》うまいよね。絶品《ぜっぴん》なんだよねえ」とまるでいつも食べているような口ぶりです。

夏休み直前に出た「左玄給食《さげん》」へと話題はつながっていきます。

左玄給食

古代米ご飯、コアジの南蛮漬《なんばんづ》け、野菜の皮のきんぴら、ダイコン汁《じる》、牛乳《ぎゅうにゅう》

古代米ご飯は、古代米（玄米）を約８パーセント混《ま》ぜて炊《た》いたご飯。野菜の皮のきんぴらは、ダイコンとニンジンの皮だけと洗《あら》いゴボウを皮をむかずに千切りにしてきんぴらを作り、色合いにサヤインゲンをゆでて入れる。ダイコン汁は、うち豆、ダイコン、ニンジン、サトイモ、厚揚《あつあ》げ、コンニャク、ハクサイ、ネギを入れ、みそで味付ける。うち豆は福井県の郷土《きょうど》料理ではよく使われる食材で、ダイズを丸ごと食べるのが狙《ねら》いです。

ゆかりの説明に優ちゃんも納得《なっとく》です。左玄の教えを守った献立に二人はすっかり感心し、福井県の生んだ明治時代の食養学の祖《そ》といわれた石塚《いしづか》左玄の話へと話題は広がっていきました。

勉学に励《はげ》み陸軍の軍医となる

6年生の総合学習《そうごうがくしゅう》の時間、ゆかりたちは福井県が生んだ石塚左玄《いしづかさげん》について学ぶことになりました。その日は、優《ゆう》ちゃんもめずらしく登校していました。左玄は、明治時代に日本で初めて「食育」という言葉をつくって、その意味を広げた人として歴史《れきし》に残る偉人《いじん》です。これまでも学年を追う都度《つど》、左玄のことは学びましたが、6年生になったので、もっと広く深く学ぶことになり、クラスのみんなで手分けして図書室の本やネットを利用して左玄のことを調べてきました。

左玄は1851年（嘉永《かえい》4年）に、福井藩《はん》の田舎《いなか》の村の漢方医《かんぽうい》の家に生まれました。子どものころから漢方医だった父親の教えを受け、薬剤《やくざい》の調合や治《ち》療《りょう》法《ほう》を学んでいたので、いまなら小学校6年生のころには、いっぱしの医者らしいことをしていたと伝えられています。16歳《さい》のころからオランダ語で書かれた医学書で解剖学《かいぼうがく》を学び、薬草と薬剤で治療する漢方医学とは異《こと》なる近代的なヨーロッパの医学に興味《きょうみ》を持つようになりました。

左玄が生まれ育ったのは、幕末《ばくまつ》から明治初期にかけて日本が近代化へと大きく動いていった時代でした。日本は長い間、外国との交流を禁《きん》じる鎖国政策《さこくせいさく》をとっていたので、ヨーロッパやアメリカが近代的に発展《はってん》していることをほとんど知りませんでした。１８６８年（明治1年）、日本は江戸幕府《えどばくふ》から明治政府へと国家の仕組みが大きく変わる歴史的大改革《れきしてきだいかいかく》がありました。鎖国を廃止《はいし》して外国との交流が始まり、新しい文化や学問が入ってきました。明治政府は、遅《おく》れている日本の文化と科学技術《ぎじゅつ》を西欧並《せいおうな》みにするために、大金を払《はら》ってヨーロッパとアメリカから指導《しどう》する人たちを招《まね》きました。それを「お雇《やと》い外国人」と呼《よ》びました。左玄は福井藩が雇っていたお雇い外国人のウイリアム・グリフィスから、生物や化学の基礎《きそ》を学びました。服装《ふくそう》も和服から洋服へと西欧化《せいおうか》され、食べ物も外国から入ってきたものが流行していきました。

明治2年、左玄《さげん》は18歳《さい》のときに福井藩《はん》の医学校の助手として教える先生になり、翌年《よくねん》には福井藩の病院で薬剤《やくざい》を調合する役目にもつきました。医学をもっと学びたい気持ちが強くなり、東京大学に異動《いどう》していたグリフィスを頼《たよ》って上京します。東京大学南校科学局に勤務《きんむ》しながらグリフィスらの指導《しどう》で医学と薬学を学び、翌年22歳のときに左玄は医師《いし》と薬剤師の資格《しかく》をとりました。福井藩の田舎《いなか》の藩医に生まれた少年は、猛勉強《もうべんきょう》を重ねてついに国家資格である医師になったのです。左玄はやがて陸軍の軍医・薬剤師となり、研究に積極的に取り組みます。

左玄は幼少《ようしょう》のころから皮ふ病にかかり、腎臓《じんぞう》も悪い病弱な体でした。軍医になってからも入退院《にゅうたいいん》を繰《く》り返《かえ》し、医師であり患者《かんじゃ》でもありました。その体験から、病気に対しては独自《どくじ》の考えを持つようになったのです。たとえば私《わたし》たち人間の歯は、臼歯《きゅうし》が主体になっていることから、米麦など穀物《こくもつ》や野菜を主食とする動物であり、肉食を主体にするべきではないという考えを発表します。西欧《せいおう》から入ってきた肉料理を主体とする洋風の食事だけでは、健康を害するとの意見を述《の》べたのです。

また人間の体は、ナトリウムとカリウムというミネラルが重要な働きをしていることを説き、栄養学の教えを伝える本を出版《しゅっぱん》しはじめました。そして１８９６年（明治29年）、45歳のときに「食育」という言葉を初めて使った「化学的食養長寿論《ちょうじゅろん》」を出版して陸軍を退職《たいしょく》し、「石塚食療養所《いしづかしょくりょうようじょ》」を開設《かいせつ》しました。

独自の考えで食養学を提言《ていげん》

左玄《さげん》の食と健康と病気に関する独特《どくとく》な理論《りろん》は、陸軍を退職後《たいしょくご》に民間人として活動しているうちに一般《いっぱん》の人たちに広がりました。自身の病気との闘《たたか》いと医師《いし》として診断《しんだん》と治療《ちりょう》を行ってきた経験《けいけん》、さらに漢方医学《かんぽういがく》と西洋医学を学んだことから、左玄は「健康を保《たも》つためにどうすればいいか」ということについて、自分の考えを持つようになりました。左玄は、毎日食べている食物によって健康を保ち病気から体を守り、病気になっても食により治すことを書いた本を世に出し、講演会《こうえんかい》で訴《うった》えました。

左玄の基本的《きほんてき》な考えは、体育・智育《ちいく》・才育の基本には食育があるということでした。食育とは食べ物や栄養を学ぶことであり、正しい食事をとって健康な体と頭の働きをつくることが大事だと教えました。

そして次のような言葉をあげ、その意味を教えました。

「食養道」

食が人の体をつくり、健康のもとをつくる。食べるものの種類、量も考えなければならない。

「人間は穀物《こくもつ》を食べる動物」

人間の歯は臼《うす》のような臼歯《きゅうし》が多く、ご飯など穀物や野菜を食べることに適《てき》している。日本人には栄養バランスのいい和食があっており、ご飯をしっかり食べよう。

「一物全体食」

食べ物は、一部分だけ食べるのではなく、できるだけ丸ごと全体を食べることだ。栄養分を無駄《むだ》なく取り入れることができる。

「郷《ごう》に入りては郷に従《したが》う」

食べ物は、その土地の季節のものを食べることが栄養豊富《ほうふ》で健康的である。今でいう地産地消の考えを初めて示《しめ》した。

「陰陽《いんよう》調和」

ナトリウムとカリウムのバランスが崩《くず》れると病気になる。ミネラル分が栄養素《えいようそ》として重要な働きをしていることを初めて教えた。

左玄《さげん》はこのように、人間が健康体を保《たも》ち健全な活動をするためには、食と栄養について常に考えていくことが重要であることを一般《いっぱん》国民も理解《りかい》するように教えていきました。

ゆかりと優《ゆう》ちゃんは、海の家の風通しのいい板敷《いたじ》きの上に広げたゴザに足を投げ出していました。

７月の給食献立《こんだて》について二人で語り合います。優ちゃんが「左玄食って健康にいいよね。かみかみするとご飯がおいしくなるし、栄養満点だよね」と語れば、ゆかりは「献立に左玄の一物全体食《いちぶつぜんたいしょく》が入っているよね」と語ります。

食べ物は部分的に食べるのではなく、丸ごと食べることが大事だという左玄の教えであり、ダイコンとニンジンの皮をむいたら、その皮を捨《す》てないで、きんぴらにするのはまさに一物全体食を実践《じっせん》したものです。野菜の皮には、栄養素がたっぷり入っているので、それを捨てることはならないという左玄の教えです。

「それにねえ……」と優《ゆう》ちゃんが意味ありげに小首をかしげました。

「皮を捨《す》てるとゴミになるけど、食べちゃえばゴミにならないでしょ。食品ロスにもならないでしょう?」

「なーるほど!」そういうこともある。感心したゆかりは優ちゃんの肩《かた》を軽くたたくまねをし、二人は笑い合っています。

左玄《さげん》は栄養学という学問に、日本で最初に手をつけた医師《いし》・薬剤師《やくざいし》であり研究者でした。東京・市ケ谷に開設《かいせつ》した石塚《いしづか》食養所には、全国から患者《かんじゃ》が殺到《さっとう》していました。1909年(明治42年)には「食養会」を創設《そうせつ》し、食は人の体をつくるだけでなく健康を左右し人を賢《かしこ》くし、よい性格《せいかく》をつくるために影響《えいきょう》を与《あた》え、寿命《じゅみょう》を長くさせるとして、食に対する心構《こころがま》えを説きました。それを「食養道」という言葉で言い、食の奥深《おくふか》いことがらを理解《りかい》して、健康に生活することを教えました。これを信奉《しんぽう》する華族《かぞく》や政府の高官をはじめ多くの知名人が、左玄の賛同者《さんどうしゃ》となりました。しかし左玄は皮ふ病と腎臓病《じんぞうびょう》が悪化し、１９０９年（明治42年）10月17日、帰らぬ人となりました。58歳《さい》でした。

優ちゃんの難病《なんびょう》を初めて聞く

窓《まど》を開け放った室内に海風が吹《ふ》き込《こ》み、時に二人は横になりながら話し込《こ》みました。明君がバットをひっくり返した事件《じけん》やクラスの子たちのうわさ話、ときたま乱暴《らんぼう》な言葉を使いながら元気印そのもので、子どもたちを引《ひ》っ張《ぱ》っていく担任《たんにん》の小森先生のこと、由美先生の食育の授業《じゅぎょう》や持田早苗《さなえ》先生の家庭科の授業のことなど話が尽《つ》きません。そんな話の合間に優ちゃんは、中学に進学するときには、ゆかりの行くさつき中学校ではなく、心身に障《しょう》がいのある子どもを専門《せんもん》の教員が教える県の特別支援《しえん》学校に行くかもしれないということを語りました。

ゆかりにとっては思いもしなかったことであり、びっくりしました。いつまでも優《ゆう》ちゃんと級友として付き合っていけると思っていたのでショックでした。そのとき優ちゃんは、初めてアミノ酸代謝異常症《さんたいしゃいじょうしょう》という自分の病気のことをゆかりに語りました。

あらゆる動物は、体内でタンパク質《しつ》をつくったり、これを壊《こわ》して作り直したりして生きています。そのタンパク質は、20種類のアミノ酸《さん》が数十から数百個《こ》もつながってできています。そのアミノ酸は、体内でつくられるもの、体内ではつくられず食べ物を通して外部からしか摂《と》れないものがあります。20種類のアミノ酸はすべて必要なものですが、優ちゃんの体の中では、これがうまく働くことができないのです。人は誰《だれ》でも遺伝子《いでんし》が働いて生きているのですが、なにかの理由で生まれつき遺伝子がうまく働かない病気を持っている人がいます。医学は、そのような不運を救うためにさまざまな研究をしています。

優ちゃんは、その事情《じじょう》を淡々《たんたん》と語って聞かせました。ゆかりは、自分のことのように深刻《しんこく》な気持ちで聞きながら、いまにも泣きそうになっていました。

重くなった空気を吹《ふ》き飛ばすように、開け放たれた海の家の中を一陣《いちじん》の海風が吹き抜《ぬ》けていきました。優ちゃんは

「涼《すず》しい～、私《わたし》、風って大好き」と、それまでの暗い話題を吹き払《はら》うように、明るい調子で言い切りました。

そして手にしていたタブレットを操作《そうさ》すると、ユーチューブで曲を選び、流しました。以前、約束していた「風のふるさと」という唄《うた》です。

風のふるさと（ザ・キッパーズ）

あてもなく　街をはずれて　ある日ひとり　旅へ行きたい
あてもなく　海へでるため　雲のように　飛んでゆきたい
心をうたれた　恋《こい》の数々　笑顔をふりむけ　なつかしみながら
あてもなく　駅をよぎって　遠く遠く　風のふるさと

（有馬三恵子《みえこ》　作詞《さくし》、彩木雅夫《あやきまさお》　作曲）

優《ゆう》ちゃんが小さな声でハミングして歌っています。二人はそれを何度も繰《く》り返《かえ》し聞いているうち、ほとんどそらで歌えるまでになっていました。

「これ、いい唄《うた》でしょ。イントロと哀調《あいちょう》をおびた間奏《かんそう》のペットがいいよね」

と優ちゃんが言います。

イントロとは唄が始まる前奏のところであり、ペットとはトランペットのことを優ちゃんは格好《かっこう》よく言ったのです。昔、札幌《さっぽろ》で学生時代を送った優ちゃんの伯父《おじ》さんがよく歌っていた曲を聴《き》いて覚えたコーラスでした。

それから二人は、優ちゃんが持ってきた讃美歌《さんびか》を広げていくつか知っている曲を歌いました。それから優ちゃんが好きな「千の風になって」という曲は、回ゆかりも大好きなので、吹《ふ》き込《こ》んでくる風に向かって思い切り歌いました。回りのお客さんは笑いながらそれを受け入れ、いっしょに歌っている人もいました。

二人の友は、海の家で飽《あ》かずに話し合いそして歌い、日本海から吹いてくる海風を満身にうけて、忘《わす》れることができない夏の思い出をつくったのでした。

第6章
命のバトン

草しか食べないのになぜ肉ができる？

ゆかり一家4人の夕食に、すき焼きが出てきました。お父さんの会社が建築《けんちく》したビルの新築祝いに、ビルのオーナーからすき焼き用の若狭牛《わかさぎゅう》がプレゼントされたからです。若狭牛は福井県で飼育《しいく》されている黒毛和牛《くろげわぎゅう》であり、有名な最高級クラスの牛肉です。4人で「おいしいね」と言い合いながら食べているとき、浩一《こういち》が突然《とつぜん》こんな疑問《ぎもん》を口にしました。

「ウシは草しか食べていないのに、なぜ、こんなおいしい肉ができるんだろう」

ざわついていた食卓《しょくたく》が、一瞬《いっしゅん》しんとなりました。草やイネワラを食べているウシの様子を思い出しながら、みんな「なぜだろうか」と考えています。食材にうるさいお母さんも「なぜだっけ」と小さくつぶやいただけです。

「よし、調べてみよう。ネットで検索《けんさく》すればわかるんではないかな」

食事が終わったあとお父さんは居間《いま》にあるパソコンで調べはじめました。

「なるほど……」などと言いながら、ネットで見つけた記事を次々とプリントしていきます。それをゆかりが整理して、ホチキスで止めています。お母さんも加わり、一家4人でプリントを読んだところ、ウシについて次のようなことがわかりました。

ウシにはなんと四つの胃《い》があるのです。第一の胃は食べた草などの食物繊維《しょくもつせん い》を分解《ぶんかい》するために、多数の微生物《びせいぶつ》と共生している胃です。第二の胃は、食べた物をもう一度口まで押《お》し戻《もど》す役割《やくわり》のある胃です。第三の胃は、食べ物をすりつぶし、水分や栄養を吸収《きゅうしゅう》する役割の胃です。第四の胃は、胃液《いえき》を分泌《ぶんぴつ》し食物を消化する胃であり、人間の胃に近い役割の胃です。

「ウシは食べたものをまた口に戻して食べている。これを反すうするというのだが、ウシだけでなくほかにも反すう動物がいると書いてある」

お父さんがパソコンの画面とにらめっこしていると、脇《わき》からゆかりも画面をのぞきこんできて読み上げました。

「ヤギ、ヒツジ、シカ、バイソン、ヌー、アンテロープ……」と読み上げた後

「あれ、三つの胃《い》の動物もいるんだ。ラクダ、ラマ、アルパカ、グアナゴ……」

いったん胃に飲み込《こ》んだ食物を再《ふたた》び口に戻《もど》して食べる反すうとは、口に戻して細かくかんで唾液《だえき》と混《ま》ぜ合わせ、食物の繊維質《せんいしつ》を細かく砕《くだ》いて消化しやすくしているのです。このように反すうして飲み込んだ食物をいくつかの胃を通過《つうか》させて栄養分を吸収《きゅうしゅう》していくのです。

「ウシの胃の中にすんでいる細菌《さいきん》を腸内《ちょうない》細菌と呼《よ》んでいる。草のセルロース分をいろいろな物質《ぶっしつ》に分解《ぶんかい》して、肉の成分になるタンパク質もいっしょに合成してウシの第四の胃に送られてくると、それがウシのタンパク質栄養分として

体に吸収され、肉になるんだよ」

ネットに書いてあった情報《じょうほう》を読んだお父さんは、そう解説《かいせつ》してくれました。そしてこんなことも付け加えました。

生体にすんでいる細菌を、まとめてすべて腸内細菌と呼んでいます。人間にも腸内細菌は多数すんでおり、推定《すいてい》で100兆個《ちょうこ》の細菌が私《わたし》たちと一緒《いっしょ》に体内で生きているのです。腸内だけでなく口の中、皮ふの表面にも常時《じょうじ》、すみついた細菌がいます。これを全部、腸内細菌と呼んでいます。

人間の体と一緒《いっしょ》にすんでいるので、共生細菌とも呼んでいます。とくに腸内の細胞粘膜《さいぼうねんまく》にすみついている腸内細菌は、消化を助けたりビタミンやアミノ酸《さん》の一部を合成したりと、人間が健康に生きていくために働いている絶対《ぜったい》に必要な微生物《びせいぶつ》なのです。ウンチの3分の1は、死んだ腸内細菌のかたまりだと聞いて、みんな驚《おどろ》いてしまいました。一晩《ひとばん》でこんなに大量の腸内細菌が体内で役目を終えて排《はい》せつされ、また新しい腸内細菌《ちょうないさいきん》が働きはじめるのです。

若狭牛《わかさぎゅう》の肥育《ひいく》牧場を見学

市が定期的に開催《かいさい》している食育教室があります。「子ども料理教室」「旬《しゅん》の野菜料理」「初歩の食育講座《こうざ》」など多くのテーマで講演会《こうえんかい》や調理実習や見学会をしています。９月のイベントとして「若狭牛の肥育場の見学と講演」という教室が日曜日に開催《かいさい》されるので、ゆかり一家４人は、家族で参加することになり、日本海に面した「越前《えちぜん》サン肥育場」へ車で行ってみました。

この牧場は、放牧はしないで牛舎《ぎゅうしゃ》で肉牛を専門《せんもん》に飼育《しいく》しており、これを肥育と呼《よ》んでいます。牛舎が近づいてくると、どの牛舎も巨大《きょだい》なネットをすっぽりとかぶっているのが見えてきました。牧場内の駐車場《ちゅうしゃじょう》には、次々と見学者の車が集まり、30人ほどの家族連れが勢《せい》ぞろいしました。
牧場主の佐藤《さとう》さんが早速、見学者を牛舎に案内します。天井《てんじょう》の高い牛舎の大きな扉《とびら》を開いて中に入るとすぐに扉を閉《し》めます。牛舎を包むようにおおっているネットを指しながら、佐藤さんは
「これは鳥よけのネットなんです。カラス、スズメだけでなく渡《わた》り鳥《どり》も入ってくることがあるのでネットで守っています」と言います。
たとえば鳥インフルエンザに感染《かんせん》した鳥は、移動《いどう》した先々で体液《たいえき》やフンなどと一緒《いっしょ》にウイルスをまき散らしていきます。養鶏場《ようけいじょう》で感染ニワトリがでると、次々と感染が広がってニワトリが死んでいきます。そのため、鳥インフルエンザが発生した養鶏場は、飼《か》っているニワトリを一羽残らず殺《ころ》してしまわなくてはなりません。そうしないと、ほかの養鶏場にも感染が拡大《かくだい》する危険《きけん》があるからです。また、万が一ウイルスが変異《へんい》して人間にも感染して大流行するように

なると、大変なことになります。

動物が移動《いどう》すると、家畜《かちく》や人間に感染《かんせん》して病気を起こすさまざまな細菌《さいきん》やウイルスが運ばれることがあります。鳥インフルエンザウイルスは、おもに外国からやってくる渡《わた》り鳥《どり》が運んでくるとされています。カラス、スズメ、ハト、また、多くの渡り鳥が、ウシやブタなどに感染する病原体をもっているかもしれません。牛舎《ぎゅうしゃ》に鳥が侵入《しんにゅう》しないようにネットをかぶせている理由がわかりました。見学者が牛舎に入っていくとウシたちは、いっせいに人間の方に顔を向けました。

「うわー、かわいい」という声があふれてきました。

ウシたちは、ゆかりたちを歓迎《かんげい》しているように見えました。浩一《こういち》が恐《おそ》る恐《おそ》るウシに近づいてみると、ウシも浩一の方へ首を伸《の》ばし、いまにも触《ふ》れそうな距離《きょり》まで鼻先がきます。乾燥《かんそう》した草類とあらい粉末状《ふんまつじょう》のエサが、側溝《そっこう》のようになったエサ場に山盛《やまも》りになっており、おいしそうに食べている様子を見ているとウシがかわいくなってきます。

牛舎にきたころは生まれて1年にも満たない子ウシで、体重は40キログラムほどです。それが2年半くらいの間に体重が８００キログラムから１トンにもなって肉牛として出荷されていきます。

佐藤《さとう》さんの説明で、みんなが驚《おどろ》いたことがありました。この牧場で飼育《しいく》されている肉牛はすべてオスのウシで、角《つの》は根元に近いところから切られています。仲間とけんかしてもけがをしないようにしているのです。また生殖《せいしょく》できないように子ウシのころに去勢《きょせい》されたウシで、ただひたすら食べて太り、肉牛として飼育されます。

しかもこのウシたちは、解体《かいたい》されたメスのウシの卵巣《らんそう》からとられた卵子と、オスの精巣《せいそう》からとられた精子との間で人工的に受精させてつくった受精卵から誕生したウシたちです。お母さんウシは、若狭牛《わかさぎゅう》とは見た目がまったく異《こと》なる乳牛《にゅうぎゅう》のホルスタインのメスのおなかに受精卵《じゅせいらん》を入れて誕生《たんじょう》させたウシだったのです。ホルスタインのメスは、若狭牛《わかさぎゅう》のためにおなかを貸《か》してやっている代理母なのです。

こんな話を聞いて感心しているのは、子どもたちよりも大人たちでした。

「体外受精で子を産ませるのは、ウシの体外受精が最初で、それで安全性《あんぜんせい》を確《たし》かめて人間にもやったんだね」とお父さんは、佐藤《さとう》さんに話しかけています。

いま、人間の世界でも体外受精で誕生している子どもたちはたくさんいます。その道を切り開いたのは、ウシを誕生させる技術《ぎじゅつ》から発展《はってん》していったものでした。

佐藤さんは、見学者たちに向かってこんなことを問いかけました。

「若狭牛は、人間に食べられるために生まれてきたウシです。家畜《かちく》動物はすべて人間のために飼育《しいく》され、人間の食料となって役割《やくわり》を終えます。みなさん、フライドチキンは好きですか？」

子どもたちが「好きでーす」と答えます。

「あのフライドチキンのニワトリは、生まれてからほぼ40日で殺《ころ》されたニワトリなんです。このように家畜動物の命をもらって私《わたし》たち人間は生きることができるのです。だから家畜動物に感謝《かんしゃ》し、食べ物を粗末《そまつ》にしないようにしましょう」

みんな神妙《しんみょう》な顔で聞いています。ゆかりのお母さんは、以前、高校生たちがある実習を行ったという話を聞いたことを、思い出していました。その実習は、「ニワトリを殺してカレーの具材にして食べる」というものでした。女子生徒の中には、悲しくてカレーを食べることができない子がいたということでした。ウシもブタもニワトリも生きていた動物です。しかしそれを殺して食べなければ、人間は健康に生きることができないのです。このようなつらい実習を経験《けいけん》しながら、動物の命をもらって生きている自分を認《みと》めなければなりません。これをその高校では、「命のリレー」と教えていました。

ゆかりたちは道徳の授業《じゅぎょう》で「いただきます」の意味を学習したことがあります。給食を食べるときに、両手を合わせてみんなでいっせいに「いただきます」と言って食べはじめます。食べ終わったときにはみんなでいっせいに「ごちそうさま」と言って終わります。

「いただきます」とは、食材になっている植物や動物の命をもらって食べるという意味であり、その動植物への感謝《かんしゃ》であり、同時に食材や食事をつくった人に対して感謝の気持ちを伝える礼儀作法《れいぎさほう》でもあると習いました。

若狭牛《わかさぎゅう》の牛舎《ぎゅうしゃ》で働く人は、ウシにエサを食べさせ、ふんを片付《かたづ》け、小屋の清掃《せいそう》をし、見回りをして健康状態《じょうたい》をチェックするという日々を過《す》ごしています。きれいな仕事でもないし、重労働に見えます。そしてウシが出荷され、食肉となって流通するときに関係する多くの人々、それを購入《こうにゅう》し、調理して料理をつくる調理員や栄養教諭《きょうゆ》まで含《ふく》めると、給食に出てくるまでには多くの人の手を経《へ》ていることを知りました。

乳牛《にゅうぎゅう》牧場で乳《ち》しぼりを体験

ゆかりたちは、越前《えちぜん》サン肥育場《ひいくじょう》を見学した後、ホルスタインを飼育《しいく》している酪農家《らくのうか》の「モウモウ牧場」に行きました。駐車場《ちゅうしゃじょう》に車を入れサクで囲《かこ》われた牧場の入り口まで歩いていくと、子ウシと子ヒツジが待ち構《かま》えていました。かわいらしい子ウシの首から伸《の》びたロープにつながれた子ヒツジの2頭が、見学者を歓迎《かんげい》するように見ています。

「かわいーー」という声があちこちから飛《と》び交《か》い、子どもたちはこの歓迎《かんげい》してくれる動物を取り囲《かこ》みました。

「みなさんで、やさしくなでなでしてやってください。草もこちらにあります」と牧場主の飯田《いいだ》さんが声をかけてくれました。

子どもたちは大きなカゴいっぱいに入った青々とした草を争って手にし、子ウシと子ヒツジにやりながら体を触《さわ》っています。

「この子たちも、やさしくしてもらうとうれしいんだよ」と飯田さんが言った瞬間《しゅんかん》、子ヒツジが「めえー」とひと鳴きしました。どっと笑い声があがり、ますますかわいくてたまらない雰囲気《ふんいき》になります。

「牛乳《ぎゅうにゅう》は、もともと子ウシを育てる食べ物です。牛は人間のように、別の栄養ある食べ物や飲み物を子ウシに食べさせることができません。牛乳だけで子ウシを育てます。だから、牛乳は栄養バランスがとてもいいし、成長に一番大事なカルシウムがたくさん含《ふく》まれているんですよ」

飯田さんはそう言いながら、見学者をホルスタインのいる牛舎《ぎゅうしゃ》へと案内していきました。その日は、乳《ちち》しぼり体験をすることになっていました。乳牛の乳しぼりは早朝と夕方の2回が普通《ふつう》ですが、この日は特別に子どもたちも乳しぼりを体験させてもらえることになりました。

モウモウ牧場では、100頭ほどの乳牛から毎日乳しぼりをします。妊娠《にんしん》しているウシや生まれて間もない子ウシたちは、自由に歩くことができる牛舎にいました。見学者が最初に行ったのは、パーラーと呼《よ》ばれる搾乳室《さくにゅうしつ》のところでした。実際《じっさい》に乳しぼりをするときは、自動的にリズミカルに機械で乳をもんでしぼるのですが、その日は子どもたちが実際にウシの乳首《ちくび》に触《さわ》って、自分の手でしぼってみることにしました。

浩一《こういち》もゆかりと一緒《いっしょ》に乳しぼりをやってみましたが、牛の胴体《どうたい》に近づくと思いのほか大きく感じ、乳《ちち》に触《さわ》ってみるとその体温が直接《ちょくせつ》手に伝わってきて、生きているウシを実感するのです。子どもたちが交代で受け手の缶《かん》に次々と乳《ちち》をしぼっていきます。

生乳《せいにゅう》を生まれて間もない子ウシに飲ませる体験もしました。人はだ程度《ていど》に温めた生乳を大きな哺乳瓶《ほにゅうびん》で飲ませるのですが、子ウシといっても背丈《せたけ》は人間の子どもと同じくらい。哺乳瓶を口に含《ふく》ませると思いのほか力強く飲んでいくので、それに負けじと子どもたちも体で支《ささ》えています。一生懸命《けんめい》ミルクを飲もうとする子ウシの表情《ひょうじょう》を見ているだけでかわいさが感じられ、この子が無事に育ってほしいと思うのです。

ちょうど牛舎《ぎゅうしゃ》の清掃《せいそう》をしているところに見学者がきました。牛舎の床面《ゆかめん》には新しい小麦のワラが一面に敷《し》き詰《つ》められているところでした。

「うわーー、きれいだね」と口々に言うと、作業をしていたおじさんが

「ワラの上に寝転《ねころ》んでもいいよ」と言ってくれ、浩一《こういち》は真っ先にワラの中に飛び込《こ》んでゴロゴロと転がっています。ふかふかで心地いい。ところどころに床面の段差《だんさ》があるのですが、聞いてみるとそれはウシたちが横になって休みやすいようにした段差でした。

牛舎の一角に大きな扇風機《せんぷうき》が回っており、夏の猛暑日《もうしょび》でも暑さをしのげるようになっています。牧場では、ウシがストレスを感じないように考え抜《ぬ》かれた設備《せつび》と作業が行われているのです。

見学者は広いホールに集められ、持ってきた昼食を広げました。その後、乳牛からしぼったばかりの生乳に生クリームと砂糖《さとう》、バニラエッセンスを入れて低温にし、かき回してアイスクリームをつくる実習を行いました。そんなおいしいデザートをつくって食べた後、解散《かいさん》となりました。

家に帰る車の中で、お母さんは、こんなことを話しました。それは給食で飲まれなかった牛乳《ぎゅうにゅう》は、賞味期限《しょうみきげん》前なのに毎日わざわざ保存《ほぞん》できるパックを開けて全部捨《す》てているという話です。

「あれは食品ロスでもあり、今日の牧場見学でますます間違《まちが》っていると思ったわよ。牛乳嫌《ぎら》いの子どもたちは、どの学校でもいるから困《こま》っているけど、何か名案がないだろうかね」

ゆかりも浩一《こういち》もなにも思いつかず、黙《だま》っているよりありませんでした。

第7章
アレルギー対策《たいさく》

除去食《じょきょしょく》の解除《かいじょ》の日に牛乳《ぎゅうにゅう》で乾杯《かんぱい》

給食の配膳《はいぜん》が終わり、これからいっせいに「いただきます」と言うためにみんな姿勢《しせい》をただして前を見ました。担任《たんにん》の小森先生が、ゆっくりと顔を左右に振《ふ》りながら教室を見渡《みわた》し、なにか言おうとしています。クラスの全員が注目しました。

「今日は、とっても大事なお知らせがある。大輔《だいすけ》、はい、立って」と小森先生が催促《さいそく》すると

「はい」とこたえて山田大輔が立ち上がりました。

「今日は、大輔のお祝いだ。アレルギー食が解除《かいじょ》されて、今日からみんなと同じ給食を食べられる。牛乳で乾杯してお祝いしよう」

教室中に「うわー！」という歓声《かんせい》が広がり、あちこちで拍手《はくしゅ》する子どももいます。全員に配布《はいふ》された紙コップの意味が初めてわかりました。そこに各自、牛乳を入れて乾杯するというのです。牛乳を楽しそうに紙コップに注《そそ》いで、準備《じゅんび》が整いました。

「大輔、おめでとう。カンパーイ！」と小森先生が元気な声で言うと、クラス中が声を合わせて「カンパーイ」とコップを頭上にあげました。大輔のまわりの子どもたちが、次々と大輔のコップにぶっつけて「カンパーイ」とうれしそうに声を掛《か》け合っています。

この日の献立《こんだて》は、歯を強くするため毎月１回出てくる「歯ッピー給食」の日。献立は、次のようなものでした。

歯ッピー給食

ご飯、甘《あま》エビと野菜のかき揚《あ》げ、切《き》り干《ぼ》しダイコンとひじきの炒《いた》め煮《に》、厚《あつ》揚げのみそ汁《しる》、味付け煮干《にぼ》し、牛乳《ぎゅうにゅう》

大輔《だいすけ》は乳児のころに卵《たまご》、乳製品《にゅうせいひん》、小麦、バナナ、モモ、ゴマ、トリ肉などに対するアレルギー体質《たいしつ》であることが判明《はんめい》しました。小学校に入学してからも、このような食材が入った給食は食べられないので、ほとんど毎日、お母さんのつくる弁当《べんとう》を持参して登校し、給食の時間は自分だけ弁当を食べていました。

大輔は、定期的に病院で検査《けんさ》を受けながら、アレルギーを起こす食材を少しずつ体に慣《な》らしていき、学年を追うごとにアレルギー食材は減《へ》っていきました。しかしどうしても、卵だけはアレルギーを起こすため、給食に卵を使った献立《こんだて》がある日は、給食室でつくった卵を抜《ぬ》いた特別な給食を食べていました。大輔

は、小学校入学からずっと「お母さんの味」と「給食室の味」の二つの味のランチを食べてきたのです。

歯ッピー給食には、甘エビと野菜のかき揚げの中に卵が入っているので、これまでの大輔なら、クラスのみんなと一緒《いっしょ》に給食は食べられません。それが、ついに卵にも慣れて、今日からはみんなと同じように給食を食べられるのでした。

体が持っている免疫《めんえき》という仕組み

給食を食べながら教室中がアレルギーの話で盛《も》り上がりました。多くの子どもたちは、アレルギーとは無関係で自由に何でも食べていますが、なぜ、アレルギーを起こす子と起こさない子がいるのだろうか。後片付《あとかたづ》けが終わったころを見はからって、小森先生が問いかけました。

「アレルギーは、昔からある症状《しょうじょう》かそれとも最近、出てきた症状か。どっちだろうか」

これには「昔からある」という答えや「昔はなかった」という声が教室中に飛《と》び交《か》い、ひとしきり騒《さわ》がしくなりました。

「昔からあると思う人？」と小森先生が問いかけると、クラスのほぼ半数が手を挙《あ》げました。「昔は、なかったと思う人？」という問いかけにも、ほぼ半数の手が挙がりました。回答は半分ずつにわかれたのです。小森先生が言います。

「さあ、どっちなんだろうか。昔はなかったという子と、昔からあったという子が、ほとんど半分ずつになっている。来月の総合《そうごう》学習で、アレルギーについて勉強することにしよう」と提案《ていあん》すると、みんなうなずいて賛成《さんせい》する意志《いし》表《ひょう》示《じ》をします。

「総合学習には、養護《ようご》の先生、家庭科の先生、栄養教諭《きょうゆ》の先生と調理員さんにもきてもらって、アレルギーについていろいろ学習する授業《じゅぎょう》にしよう」という小森先生の提案に、みんなびっくりした顔になります。このような授業の企画《きかく》では、小森先生は非常《ひじょう》に行動力があり、すぐに実現《じつげん》してしまうのです。

総合学習の日、病気で学校になかなかこられない優《ゆう》ちゃんこと竹田優子が教室に姿《すがた》を現《あらわ》したので、クラス中がにぎやかになりました。優ちゃんは、めったに登校できませんが、自宅《じたく》で小森先生が指導《しどう》する読書を中心に学習をしているので、知識《ちしき》がある子として皆《みな》から尊敬《そんけい》されていました。優ちゃんの自宅に学校便りや給食便りを届《とど》けているゆかりも大張《はは》り切《き》りで優ちゃんを迎《むか》えました。

総合学習の授業には、養護《ようご》教諭の木村理恵《りえ》先生、家庭科の持田早苗《さなえ》先生、さくら小の栄養教諭の由美先生、そして市の給食センターから栄養教諭の岡村《おかむら》知美先生と調理員の平田春香さんが勢《せい》ぞろいする豪華《ごうか》な授業になりました。一つの授業《じゅぎょう》に、こんなに教員と調理員スタッフがそろったのは、さくら小では初めてです。市の給食センターからも参加したのは、毎食、27人のアレルギーの子どもたちの給食をつくっているからです。調理員の平田さんはゆかりのお母さんなので、教室に入ってきたとき、知っている級友がいっせいにゆかりに視《し》線《せん》を送ります。ゆかりは恥《は》ずかしそうに、下を向いていました。

教壇《きょうだん》にあがった養護《ようご》教諭《きょうゆ》の木村先生は、そもそもアレルギーとは何か。その仕組みを説明してくれました。

「人によってはある食べ物を食べると、じんましんやかゆみの症状《しょうじょう》が出たり、嘔吐《おうと》したり下痢《げり》をすることがあります。これを食物アレルギーと言います。アレルギーの原因《げんいん》になる食べ物は、トリや魚の卵《たまご》類、木の実類、乳製品《にゅうせいひん》、果物類、エビ・カニ、小麦、大豆、魚などたくさんあります」

この説明には皆《みな》、納得《なっとく》の表情《ひょうじょう》です。

「では、なんでこのようなアレルギーになるのでしょうか？」と木村先生が質問《しつもん》します。

誰《だれ》も答えられませんが、窓際《まどぎわ》の一番前に座《すわ》っていた優《ゆう》ちゃんが、遠慮《えんりょ》がちに手を挙《あ》げました。そして小さな声で
「過剰《かじょう》な免疫反応《めんえきはんのう》ではないかと思います」と言ったので、木村先生もびっくりした顔です。

「よくわかっていますね」と木村先生は優ちゃんに話しかけるとこう続けました。「これは時代とともに、たくさんの高分子物質《ぶっしつ》が世の中に出てきて、それが口や皮ふから体の中に入ってくるようになり、人によっては体の免疫の仕組みがそれに過剰な反応をおこし始めたという説もあります」

この50年間で増《ふ》えた物質《ぶっしつ》や食べ物	
自然界で増えてきた物質	大気汚染《おせん》、自動車の排出《はいしゅつ》ガス、水質汚染の原因《げんいん》物質など
増えてきた食べもの	牛乳《ぎゅうにゅう》・乳製品《にゅうせいひん》、肉類、脂質《ししつ》類、小麦、エビなどの魚介《ぎょかい》類
増えてきた加工食品	インスタント食品、ナッツ類、ゴマなどの植物性《しょくぶつせい》油脂

食生活が多様化するにしたがって乳製品や肉類、小麦を原料とした食品やさまざまな加工食品を食べる機会が増えたことも大きな原因ともいわれています。それが免疫《めんえき》の仕組みをおかしくしたという説明です。

「めんえき……」みんなつぶやいています。

木村先生は「免疫」と大きく黒板に書き、免疫の仕組みについて説明を始めました。

「健康な体を維持《いじ》するために、外から悪いものが入ってくるとそれをやっつける仕組みを私《わたし》たちの体は持っています。それが免疫です」

木村先生は黒板に書いた免疫の「疫」の字を赤いチョークで大きく囲《かこ》み、その横に「疫とはウイルスや病原菌《びょうげんきん》によって病気になること」と書きました。疫＝病気から体をまもることを免疫というのです。

外部から体内に入ってくる敵《てき》で代表的なのは、食中毒《しょくちゅうどく》を起こすサルモネラ菌やO－157などの細菌、そしてインフルエンザのようなウイルスであることは習いました。これらが体の中に入ってくると、免疫の仕組みによって、体はすぐに抗体《こうたい》というタンパク質をつくってやっつけてくれます。

「私たちが健康で生きていけるのは、免疫という仕組みを体がもっているからです。ところが大部分の人には受け入れられる食べ物でも一部の人は、それを外敵《がいてき》と間違《まちが》えて攻撃《こうげき》することがあります。それが食物アレルギーです。

木村先生の説明はわかりやすいので、子どもたちはみな理解《りかい》したようです。

「アレルギーを起こす原因《げんいん》は、体の免疫《めんえき》という働きがあるからです。誰《だれ》もが普《ふ》通《つう》に食べているものでも、人によっては免疫反応《はんのう》が強く出て、その食べたものに抗体《こうたい》をつくって拒否《きょひ》する反応をするのです。それがアレルギーです」

それから木村先生はこう付け加えました。

「アレルギーになるかどうかは、体質《たいしつ》の問題ですから誰にもわかりません。運・不運と言うよりありません」

この説明で教室中に複雑《ふくざつ》な反応が広がりました。「そうなんだ」と子どもたちは納得《なっとく》した顔になります。木村先生は、アレルギーで怖《こわ》いのは、食べた後に急激《きゅうげき》に血圧《けつあつ》が低下したり意識障害《いしきしょうがい》が出たりする「アナフィラキシーショック」があると説明します。

「給食を食べてアナフィラキシーショックになって亡《な》くなった子もいました。しかし、アナフィラキシーショックの症状《しょうじょう》が出ても、自分で簡単《かんたん》に注射《ちゅうしゃ》ができる薬の入ったエピペンという注射器があり、これでショックを軽減《けいげん》して専門《せんもん》医《い》に見てもらえれば問題はありません」

アレルギー除去食《じょきょしょく》を解除《かいじょ》になった大輔《だいすけ》も、ランドセルの中にいつもエピペンを持っていました。しかし、一度も使うことがなく、アレルギー除去食が解除になったのです。

昔はわからなかった食物アレルギー

木村先生の授業《じゅぎょう》に区切りがついたところで、小森先生が教壇《きょうだん》に出てきました。

「ある食べ物を食べるとアレルギーになる人は、昔からいたのか、いなかったのか。今日は、正しい答えを家庭科の持田先生から聞いてみよう」

言われた持田先生は笑顔で軽く会釈《えしゃく》して教壇《きょうだん》に立つと、いきなりこう言いました。

「みなさんのおじいさん、おばあさんに聞いたらわかりますが、昔、食物アレルギーの報告《ほうこく》は少なかったのです」

「へえー！」という声が教室中に広がりました。

「お父さん、お母さんの時代には、ありました。しかし、50年前の祖父母《そふぼ》の時代には今ほど注目されていなかったのです。なぜでしょうか」

そこで持田先生は、持ってきた大きな紙の資料《しりょう》を黒板に掲示《けいじ》しました。

アレルギーを起こす食べもの	
食物アレルギーを引き起こすトップ３	鶏卵《けいらん》、牛乳《ぎゅうにゅう》、小麦
その他の食物	木の実類、落花生、果物類、魚卵類、甲殻類《こうかく》、ソバ、大豆、魚類

資料を見ると、どの食べ物も昔からあったものであり、食べた人はアレルギーにならなかったのです。それがなぜアレルギーになるようになったのでしょうか。持田先生は、難《むずか》しい顔をしながら説明しました。

「食生活が年々変化し、衛生環境《えいせいかんきょう》も向上してきました。そのことで体の免疫《めんえき》システムのバランスが崩《くず》れたという医学的な見方があります。しかし、原因《げんいん》はよくわかっていません。近年増《ふ》えている花粉症《かふんしょう》もアレルギーのひとつで、このアレルギーと関連して、果物や野菜に対するアレルギーが発症《はっしょう》したという見方もあります。食物アレルギーを診断《しんだん》する方法が進歩したので、わかってきたということもあるかもしれません」

食物アレルギーが増《ふ》えてきた原因《げんいん》は、医学的にも科学的にもはっきりとわかっていないという持田先生の説明に、子どもたちは驚《おどろ》いた顔をしています。

持田先生から質問《しつもん》が出ました。

「体の外から入ってくる敵《てき》はわかりましたが、体の中で出現《しゅつげん》する敵とは何だか、わかりますか？」

教室は、一瞬《いっしゅん》、しんと静まりかえり、顔を見合わせて首をかしげています。

すると一番前の席に座《すわ》っていた優《ゆう》ちゃんが、つぶやくように言いました。

「がんかな……」

それは優ちゃんの席の周囲《しゅうい》にだけしか聞こえませんでしたが、そばにいた小森先生は聞こえたらしく大きな声を出したので、小森先生に視線《しせん》が集中します。

「いま優子が、がんだと言った。持田先生、そうですか？」

「その通りです。がんが最も大きな敵ですが、それ以外にもたくさんの敵が体の内部で出現します。しかし、免疫《めんえき》の仕組みは、いつでもそれをやっつけて、私《わたし》たちの体を健康にしてくれています」と持田先生が言います。

さらに持田先生は、こう言って締《し》めくくりました。

「多くの人は、一生アレルギーにならないで済《す》むのですが、幼児《ようじ》のころにアレルギーになっても小学校の学年が上に行くにしたがって消えていき、中学生までには、消えていることが多いのですよ」

大輔《だいすけ》の周辺の子どもたちが「大輔、よかったな」と小さな声をかけるので、大輔は照れ笑いでこたえていました。

給食室は確認《かくにん》と緊張《きんちょう》の日々

この日の授業《じゅぎょう》の最後に登壇《とうだん》したのが栄養教諭《きょうゆ》の由美先生と給食センターからきてくれた栄養教諭の岡村《おかむら》先生と調理員であるゆかりのお母さんです。さくら小学校では、大輔《だいすけ》のアレルギー除去食《じょきょしょく》の解除《かいじょ》で、アレルギーの子どもはいなくなりました。そこで2060食をつくっている給食センターから、アレルギー食の責任者《せきにんしゃ》になっている岡村先生と平田さんに参加してもらいました。

センターは、小学校7校、中学校2校に給食を配食しており、この二人がアレルギー給食の責任者になっています。アレルギーのある児童・生徒は、全部で27人おり、小学生19人、中学生8人です。

「食物アレルギーのある児童・生徒に対して、給食室とセンターがもっとも大事に思っていることは、学校全体が同じ情報《じょうほう》を共有して、食物アレルギーのある子がアレルギー食を食べないようにすることです」

岡村先生の最初の言葉です。具体的には、アレルギーの子どもだけでなく、教員も保護者《ほごしゃ》もクラスの子どもたちもみんなが理解《りかい》することが最も大事なことと言っているのです。

「みなさんは、アレルギーの子どもの給食では、気をつかってくれますよね。間違《まちが》ってもアレルギーの原因《げんいん》になる食物が入らないように配食のときに気をつかってくれます。それが一番大事なことなのです」

続いてゆかりのお母さんが語りました。

「センターや給食室では、アレルギーの子どものために別の献立《こんだて》で給食をつくって配食します。その日の朝、調理場に入ったら一番に、どの子がどのアレルギーか、27人のアレルギーの子の給食について何度も確認《かくにん》します。アレルギーを起こさない献立《こんだて》になっているか、調理方法も間違《まちが》いなくできるか確認《かくにん》するのですが、これが一番、緊張《きんちょう》して大変な時間になります」

配食のときに、アレルギーの子どものために、特別の弁当《べんとう》が給食室から運ばれてくるので、みんなそのことはわかっていますが、給食室での苦労は初めて聞くことであり、びっくりしていました。

小森先生が最後に締《し》めくくりました。

「アレルギーの子どもと一緒《いっしょ》に給食を食べていても、そんな意識《いしき》はみんな持ったことがないね。全員で一緒に給食を食べている気持ちだ。それが一番大事なことなんだよ。しかしその裏《うら》には、クラスの担任《たんにん》の先生、養護教諭《ようごきょうゆ》、栄養教諭、家庭科の先生、給食室の調理員さんら、多くの人が大変な努力をして無事に給食を食べられるように気をつかっている。今日の授業《じゅぎょう》は、アレルギーの学習だが、実はそのアレルギーに向きあいながら、がんばっている先生や調理員さんの仕事の内容《ないよう》を知ってもらうための授業でもあった。わかったね」

教室中が一体となって「わかりましたー」といつものように大きな声でこたえました。

第8章

農業をする祖父母《そふぼ》

郷土《きょうど》野菜もりだくさんの「おじいちゃん煮物《にもの》」

ゆかりのお母さんの実家から、おじいちゃんがとれたての秋の農作物を使って、とっておきの煮物をつくるからこないかという誘《さそ》いがあり、ゆかり一家は日曜日に久しぶりに農業をしている祖父母《そふぼ》の家に行ってみることにしました。実家はおじいちゃんとおばあちゃんの二人っきりの「ちゃん・ちゃん農業」で、畑地の半分では有機農業をしています。有機農業は、化学肥料《ひりょう》や農薬は一切使わず、昔ながらの堆肥《たいひ》で作物を育てるというもので、自然を大事にする考えからはじまりました。

二人の自慢《じまん》は、福井県内の各地の有名な伝統的《でんとうてき》な郷土の野菜のタネを取り寄《よ》せ、自分の畑でつくっていることでした。県内の郷土野菜を次々と収穫《しゅうかく》してはおすそ分けするので、近隣《きんりん》で有名になっていました。

「おじいちゃんの煮物って、本当においしいの?」と浩一《こういち》がお母さんに質問《しつもん》すると、実家に向かって車を運転していたお母さんは、思わず吹《ふ》き出して「そりゃあね、食べてみないとなんとも言えないよね」と言います。

お母さんの話からは、郷土の野菜を使った煮物だろうとは想像《そうぞう》できても、どんな味なのかさっぱりわかりません。

お母さんは子どものころから実家の農業の手伝いをし、結婚《けっこん》するまでずっと実家で過《す》ごしてきました。調理員という仕事も、農作物と食材に詳《くわ》しいので、自然と選びました。実家に到着《とうちゃく》すると、祖父母はまだ前庭の畑で作業をしていましたが、にこにこ顔で
「よう、きてくれた。煮物はできているからね」とすぐにお昼の会食になりました。

おじいちゃんのつくった煮物《にもの》がすぐに出てきました。浩一《こういち》が早速、好きなサトイモを見つけてハシで刺《さ》して口に入れると、「うん、おいしい」と言います。これにつられて、一家は次々と煮物を食べはじめました。

ネギ、サトイモ、ダイコン、ニンジン、ブリの煮物です。お母さんは、すぐに「全部、旬《しゅん》の食材だね。さすがおじいちゃんだ」とほめます。

この秋のとれたての食材であることが、お母さんにはわかるのですが、ブリで味付けしていることには、違和感《いわかん》がありました。普通《ふつう》、ブリを使う煮物は、ブリダイコンとかブリサトイモであり、こんなにごてごてと野菜が入った煮物は、おじいちゃんでないとつくりません。給食では絶対《ぜったい》に出てこない煮物です。

「谷田部《やたべ》ネギと奥越《おくえつ》サトイモだよ」とおじいちゃんが、事もなげに言います。

谷田部ネギは、福井県でとれる独特《どくとく》のネギで、根っこのところがステッキの柄《え》のようにカーブしており、粘《ねば》りと甘《あま》みがあります。

「やっぱり、谷田部はちがうよね」とお母さんが言うので、みんなネギにはしがいきました。

浩一がおいしいと言ったのは、奥越サトイモで、これも福井県の野菜として有名なサトイモです。もともとは越冬用《えっとうよう》の野菜として何百年も前から栽培《さいばい》されてきたもので、肉質《にくしつ》が緻密《ちみつ》で固くしまっており、食べるともちもちした独特《どくとく》の歯触《はざわ》りがあります。

「この奥越、塩もみしたでしょ」とお母さんが聞くと、おじいちゃんは「うん」とひと言。満足そうな顔をしています。

下ごしらえのときに、サトイモを塩もみしたという意味ですが、お母さんには、微妙《びみょう》な食感でわかるのです。さらに「切り方も上手よね」と独《ひと》り言《ごと》を言ったので、ゆかりには理解《りかい》できました。家でお母さんから料理を習うときは、野菜の切り方にとにかくうるさいのです。同じ大きさにそろえることが基本《きほん》で、そうしないと食材の火の通りにばらつきが出てまずくなり、うまく盛《も》り付《つ》けもできなくなる。とくに給食のような大量調理では必須《ひっす》のワザといいます。

そのとき話を聞いていたお父さんが

「プロはちがうなあ」と言いました。

建築設計《けんちくせっけい》をしているお父さんは、ビルなどの建築現場《げんば》によく行きますが、多くの熟練職人《じゅくれんしょくにん》さんが働いている様子を見ていると、感心することが多いといいます。そのような経験《けいけん》から、お父さんはよく「プロはちがう」という言葉を使います。

煮物《にもの》のポイントになったのは、若狭湾《わかさわん》でとれた寒ブリですが、野菜類ともまあまあ合った煮物に仕上がっており、お母さんが

「脂《あぶら》ののったブリが煮物全体のおいしさを引き出していますよ。おじいちゃん、煮物は合格《ごうかく》」と言ってほめると、みんなから拍手《はくしゅ》が出ました。

塩分控《ひか》えめに感激《かんげき》

「煮物はだしがきいている。薄味《うすあじ》で減塩《げんえん》になっているね。給食では、数年おきに食塩摂取基準《せっしゅきじゅん》が厳《きび》しくなってきていて、どこの栄養教諭《きょうゆ》の先生も献立《こんだて》をつくるときに大変だよ」

お母さんの言葉から食卓《しょくたく》の話題は、減塩へと移《うつ》っていきます。お母さんの話では、世界的に見れば、日本人はまだまだ塩分の濃《こ》い料理を食べているというのです。塩分はおいしさを感じさせる重要な味なので、塩分が薄《うす》い料理はまずく感じてしまう。しかし、塩分の濃い料理を長年食べていると、高血圧《こうけつあつ》、心《しん》臓病《ぞうびょう》、肥満《ひまん》など生活習慣病《しゅうかんびょう》になるリスクが高くなるというのです。その逆《ぎゃく》に塩分をなるべくとらない食事をしていると、血圧が下がり肥満も少なくなるという有名な研究結果が出ているという話でした。

おじいちゃんがトイレに立ったとき、おばあちゃんがこんな話をしました。あるとき、おじいちゃんがつくった和風スープの塩分が濃《こ》いので、「こんなにしょっぱいのはだめだよ」と注意したら、お湯で薄《うす》めて「こんな程度《ていど》か」と言うので、飲んでみて「そうだよ」と言ったら、気が付かないうちに薄めたスープを全部、飲んでしまったというのです。

「ぜーんぶだよ」というおばあちゃんの話に、一同、大笑い。全部飲んでしまっては、結局、塩分の摂取量《せっしゅりょう》は変わりません。

おじいちゃんがトイレから戻《もど》ってきたので、お母さんはタイミングよく、給食の塩分の話に切《き》り替《か》えました。

「塩分をおさえて薄味にすると、まずく感じるので残食が多くなるんだよ。それで調理は、大変なんだ。おいしさを出さないと子どもたちが食べてくれないからね」

そこで栄養教諭《きょうゆ》の先生たちは、献立《こんだて》と同時においしさをどう出したらいいかに苦心しているといいます。だしの取り方、調理のやりかたなどを調理員と一緒《いっしょ》になって考え、塩分を抑《おさ》えてもおいしく感じる給食をつくるのに、毎日、四苦八苦しているのです。かつお節や煮干《にぼ》しでだしをとって減塩《げんえん》に結び付けるのは初歩の初歩で、給食現場《げんば》では次の段階《だんかい》に進んでいるとお母さんは説明しました。たとえば、カレー粉《こ》、ショウガ、ニンニク、ゴマ油などを風味として料理に加えると、おいしさを感じてくれるから、うまく使って減塩していくというのです。なるほど、そういう手があったのかとみんな感心して聞いています。

「それからねえ、子どもたちは気がついていないけれど、もっと高度なこともやるようになったんだよ」

それは今まで自由に使っていたしょう油《ゆ》やソースは置かないで、小さなパックのしょう油《ゆ》とソースに切《き》り替《か》え、自然と減塩《げんえん》に慣《な》らしていくというのです。

シチューのもとも、市販《しはん》のものを使わないで手作りで塩分控《ひか》えめをつくったり、みそ汁《しる》では、みその量を減《へ》らしたり、サラダではマヨネーズの風味を強くすることで、料理の塩分を減らしているといいます。

日常的《にちじょうてき》に全国の栄養教諭《きょうゆ》や調理員は、ネットワークを使ってさまざまな減塩対策《たいさく》の情報交換《じょうほうこうかん》をしており、地域《ちいき》の勉強会やセミナーなどでも減塩対策を話し合って目標を達成するということでした。

子どもも保護者《ほごしゃ》も教育関係者らも知らないところで、健康な体を維持《いじ》していくための減塩対策がこのように広がっていることに、一同はびっくりして聞いていました。黙《だま》って聞いていたお父さんから
「やっぱり、プロはちがうなあ」といつもの口癖《くちぐせ》が出てきました。

時代とともに進化してきた給食

「今の給食はうますぎるんだよ。わしらのときは、コッペパンに脱脂粉乳《だっしふんにゅう》だけ。おしるし程度《ていど》に葉っぱかなんか漬物《つけもの》らしいものも出ていたがね」とおじいちゃんが昔の給食の話をはじめました。

おじいちゃんが、子ども時代に食べた給食の話です。あるときコッペパンと楕円形《だえんけい》のコロコロしたものが、アルミニウムの小皿に五つ出てきました。オリーブの実を漬《つ》けたものでした。子どもたちは初めて食べるもので、「すっぱい」と言って吐《は》き出す子もいましたが、コッペパンをかじり、脱脂粉乳を飲みながらオリーブの実を食べたというのです。どんな味だったのか。

「子どもだし腹《はら》が減《へ》ってるから、みんな、こんなものだろうと思って、全部、食べて飲んでしまった」という話に、一同、大笑いでした。

戦後、食べるものがなかった貧《まず》しい時代でした。調理室は、進駐軍《しんちゅうぐん》から配給されたオリーブの実をなんとかして子どもに食べさせようと必死になって出したのでしょう。日本が高度経済《けいざい》成長期に入り、生活も徐々《じょじょ》に豊《ゆた》かになるにつれて、給食の中身も少しずつ変わっていきました。

「クジラのたつた揚《あ》げを初めて食べたときには、世の中にこんなうまいものがあるのかとびっくりして食べたものだ。ところが、毎日のようにこれが出てくる。そのうち、今日もクジラかと、うんざりしたこともあった」

お父さんの思い出話に、お母さんもうなずきながら

「でも、麺類《めんるい》が出るのが楽しみだったよね」と言います。

給食で初めて出されたミートソースのスパゲティを食べた感動が忘《わす》れられないそうで

「今でも給食の献立《こんだて》にこれが出てくると、思い出すねえ。今のほうがずっと手

が込《こ》んでおいしく調理している。子どもたちも、同じように感動してくれるかなって思いながら、つくるんだよ」と言います。

戦後日本が発展《はってん》して食生活も豊かになると、給食の献立も調理法も進化していきました。パン給食から米飯給食に切り替《か》わり、献立も和食中心になって多様化していきました。地元でとれた食材を地元で食べるという地産地消が国の方針《ほうしん》で奨励《しょうれい》され、郷土《きょうど》料理を給食に出すことも全国的に広がっていきました。インスタント食品やレトルト食品が普及《ふきゅう》することで、忘れかけていた郷土料理やおふくろの味は、給食で引《ひ》き継《つ》がれるようになったのです。

おじいちゃんが突然《とつぜん》、お母さんに顔を向けてこんなことを言いました。

「最近、生まれてくる赤《あか》ん坊《ぼう》の体重が軽くなってきたと聞いたけど、給食とは関係ないのかね」

お母さんがすぐに反応《はんのう》しました。

「関係ないです。しかしこの問題は非常《ひじょう》に大事なことだとわかったわ。この間、参加した栄養セミナーで、東京の大学の先生の講演《こうえん》を聴《き》いてびっくりした」

お母さんは、その講演の内容《ないよう》を説明しました。

赤ちゃんが誕生《たんじょう》したときの体重が2500グラム未満の子を低出生体重児といいます。これが日本では、大体10人に1人、生まれています。これは世界の先進28カ国が加盟《かめい》するOECD《オーイーシーディー》（経済協力開発機構《けいざいきょうりょくかいはつきこう》）の中で、日本が一番多いというのです。そして、もっと深刻《しんこく》なことに、低体重で生まれた子は、糖尿病《とうにょうびょう》、高血圧《こうけつあつ》、心筋梗塞《しんきんこうそく》などの生活習慣病《しゅうかんびょう》になりやすいということなどが学会で発表されているそうです。

「そんなこと、初めて聞くねえ」とお父さんも深刻そうな顔です。

「昔は小さく生んで大きく育てるのがいいと言っていた。それじゃあ、ダメなのかね」とおばあちゃんが言うと、お母さんがすかさず、言いました。

「そんなことを言っているのは、世界中で日本だけだって。小さく生むことは、のちのち病気になるリスクが高くなることがわかってきたのよ」

おばあちゃんは、驚《おどろ》いた表情《ひょうじょう》で

「春香は普通《ふつう》の体重だったので、丈夫《じょうぶ》に育ってくれたんだよ」と言いながら、越前柿《えちぜんがき》をデザートに出してきました。

越前柿は四角いのがとくちょうで、二酸化炭素《にさんかたんそ》でしぶを抜《ぬ》くそうです。おじいちゃんが説明しました。

「二酸化炭素を充満《じゅうまん》させて柿を窒息状態《ちっそくじょうたい》にさせるんだよ。すると柿の中にアルコールが発生して、そのアルコールがアセトアルデヒドになって、しぶのもとになっているタンニンと結合してしぶをとってしまう」

おじいちゃんの博学ぶりに、一同、感心してこの日の会食はお開きとなりました。帰ろうとする車におばあちゃんが、段《だん》ボール箱を持ってきました。

「有機農業は、時間がかかり収穫《しゅうかく》も少ないので商売にはならないが、おいしさがちがうんだよ」そう言いながら、有機野菜を箱いっぱいに詰《つ》め込《こ》んで、お土産《みやげ》に持たせてくれました。

裸一貫《はだかいっかん》の意味わかる？

祖父母《そふぼ》の家からたくさんの有機野菜をもらったので、優《ゆう》ちゃんの家におすそ分けしようということになりました。いつものように応接室《おうせつしつ》で待っていた優ちゃんは、ゆかりが有機野菜を入れてきたバスケットを開けて「なに、なに……」と興味深《きょうみぶか》そうに眺《なが》めています。

ゆかりは、「おじいちゃん煮物《にもの》」の話をしたり給食の減塩対策《げんえんたいさく》などが話題になったりしたことを聞かせ、生まれてくる赤ちゃんの体重が日本ではどんどん小さくなっている話をしました。優ちゃんがこんなことを言いました。

「この間、ネットで見たんだけど、昔は裸一貫で生まれたんだって」

ゆかりは、裸一貫という言葉を聞いたことがありました。「裸一貫から身を起こし、大成功した」という話でした。

「裸一貫で生まれた？　どういうこと。裸で生まれたって当たり前でしょ。服着て生まれてこないよね」というゆかりの言葉に、二人は笑い転げました。

優ちゃんが答えます。

「一貫目は今の3・75キログラムなんだけど、裸一貫で生まれたってことは、大きく生まれたっていう意味らしい。大きく生まれるためには、お母さんが十分に栄養を摂《と》らないといけないんだって」

「なーるほど、裸一貫から身を起こして大成功したという意味は、大きく生まれた子は体力もあるし健康に恵《めぐ》まれて、自分ひとりの力で大成功したという意味なんだね」

ゆかりは、優《ゆう》ちゃんの言ったことを初めて理解《りかい》しました。

優ちゃんは付せんに「越前《えちぜん》サトイモ」、「矢田部《やたべ》ネギ」などの名前を次々と書いて、野菜に張《は》りつけていきます。そのとき初めて気がついたのは、優ちゃんの筆箱には、ボールペンが1本も入っていないことでした。さまざまな色の鉛《えん》筆《ぴつ》ばかりでした。ゆかりがプレゼントした黄色の鉛筆も入っていました。

「優ちゃん、鉛筆党《とう》なんだ。ボールペンは嫌《きら》いなんだ」とゆかりが言うと、優ちゃんはこう言いました。

「ベッドにあおむけに寝《ね》てメモするとき、ボールペンだとインクが出なくなるので書けないよ。鉛筆はあおむけでもちゃんと書けるからね」

帰りがけにゆかりは、ベッドであおむけになってメモする優ちゃんの姿《すがた》を思い浮《う》かべ、余計《よけい》なことを言うのではなかったと後悔《こうかい》しました。

第9章
食品ロス

「もったいぶる」と「もったいない」

道徳の授業《じゅぎょう》なのに、栄養教諭《きょうゆ》の由美先生が教室にきています。担任《たんにん》の小森先生が「今日は、面白い道徳の授業をしよう」というので、子どもたちは期待して目を輝《かがや》かせています。小森先生が黒板に大きな字で書きました。

もったいぶる

もったいない

「もったいぶるの意味がわかる人はいますか?」

数人の手が挙《あ》がりました。指された男子は

「大物ぶることです」とこたえ、笑い声が起きました。

小森先生は一瞬《いっしゅん》、考えたように見えましたが

「うん、ユニークな答えだ。ほかに？」

女子が起立してこたえました。

「偉《えら》そうにすることです」

「大物ぶる、偉そうにする……似《に》たような意味だ。テストの解答《かいとう》を教えてと頼《たの》んでも、本当のことをなかなか言わない。もったいぶって言わない？　そういう使い方もする」という小森先生の言葉に、教室中に笑いが広がりました。

「それでは聞くけど、もったいないは、どういう意味だろう」

教室がざわつきました。「もったいぶる」と「もったいない」。反対言葉にも思えるので、子どもたちはいろいろな考えを語り合っています。そのうち「もったいないは、もったいないことだよな」と笑い合っている声も聞こえます。小森先生はそれを楽しむように、しばらく黙《だま》って聞いています。

「『もったい』という言葉は、漢字で書くとこんなに難《むずか》しい」と言いながら黒板に「勿体《もったい》」と書きます。

「この漢字の意味は、見た目や態度《たいど》が重々《おもおも》しいことを言います。品位や品格《ひんかく》があることです。もったいぶるは、そういう品位や品格がないのに、態度で示《しめ》すことを言います。もったいないは、見た目や態度が重々しくない自分には不相《ふそう》応《おう》なことであると、もともとは謙遜《けんそん》する意味に使われました。それが徐々《じょじょ》に、ふさわしくないことに使われるようになり、おかしいとか違《ちが》うとか、とんでもないとか申《もう》し訳《わけ》ないなど、多くの意味に使われるようになったのです」

もったいないには、そのような言葉の歴史《れきし》があったのです。

由美先生が教壇《きょうだん》に出てきました。

「本校の給食は、みなさん毎日、残さず食べています。食べ残したら、もったいないと言いますね。食べるものを捨《す》てることはもったいない。農家の人や漁師《りょうし》の人が収穫《しゅうかく》した食材を、調理員さんが一生懸命《けんめい》、調理してつくった給食を食べ残すのは、もったいないと言いますよね」

道徳の授業《じゅぎょう》なのに、由美先生が出てきた意味がわかりました。子どもたちは、ますます興味《きょうみ》がわいてきました。

「本校の給食の食べ残しは、ほとんどありません。しかし家庭での食べ残し、外のレストランや食堂での食べ残し、これを残食と言いますが、日本全体で1年間にどのくらいあるか、想像《そうぞう》できますか？」

この問いかけに、子どもたちがいっせいにタブレットで検索《けんさく》をはじめました。

素早《すばや》く見つけた子どもが

「1日、522万トンと出ています」と声を上げました。

家庭から廃棄《はいき》される食べ残しなどの食品と外食産業などから捨《す》てられる食べ残し食品は大体、同じ量になっています。

「この残食を大型《おおがた》トラックで運ぶと8万台以上にもなります。トラックが8万台つながると、東京から長崎県までトラックがつながることになります。これは日本国民がおにぎり1個《こ》を365日、毎日、毎日捨《す》てていることになります。もったいないと思いませんか?」

「えー! もったいない」と言う言葉が、教室中にあふれました。

「世界には、食べるものがなくて飢《う》えた子どもが6秒に1人死んでいるのです」という由美先生の言葉には、ショックを受けています。

食べ物を捨てることを食品ロスと言います。世界には食べるものもなく、困《こま》っている人々が多数いるのに、日本のように豊《ゆた》かな食生活をしている国では、大量の食品ロスを毎日出しているのです。ここで由美先生が、食品ロスを出さないための4つの工夫《くふう》を黒板に書き出しました。

① 買いすぎない

②　作りすぎない

③　食べ残さない

④　保存《ほぞん》を工夫する

「賞味期限《しょうみきげん》の近いものから食べることです。みなさん、コンビニで食べ物を買うときに賞味期限を見ますね。できるだけ賞味期限の近いものから買って、無駄《むだ》な食品ロスが出ないようにすることが大事です。作りすぎない、食べ残さない、お店で食事をするときにも食べきれる量を注文することです。家庭料理で余《あま》ったら、新鮮《しんせん》なうちに冷凍《れいとう》するなど工夫が大事です。給食室では毎日、残食の重量をはかって記録しています。残食が多いのは野菜料理ですが、嫌《きら》いな野菜料理が出てきても、子どもたちががんばって食べてくれることを期待して、献立内容《こんだてないよう》と調理の工夫に取り組んでいるのですよ」

「もったいない」の気持ちを高める

小森先生が教壇《きょうだん》に出てきました。

「10月は国が定める『食品ロス削減月間《さくげん》』です。10月30日は『食品ロス削減の日』です。『ろすのん』というロゴマークは、家庭科で習ったから知っているよね。食品ロス削減国民運動のマークです。SDGs《エスディージーズ》は、社会科で習ったね。2015年に国連総会《そうかい》で決めた持続可能《かのう》な開発のための17の国際《こくさい》目標のことです。これを実現《じつげん》するためにも食品ロスの削減は絶対《ぜったい》に必要なことです」

ここで小森先生は、話題を急に変えました。

「牛乳《ぎゅうにゅう》は、もともと子ウシを育てる食べ物です。ウシは人間のように、加工した食べ物や飲み物は食べることができないので、牛乳だけで子ウシを育てます」

そこまで言ってから教室中を見渡《みわた》しました。小森先生が何か大事なことを言うときのクセです。

「給食で飲まれなかった牛乳は、賞味期限《しょうみきげん》前なのに毎日わざわざ保存《ほぞん》できるパックを開けて全部捨《す》てていることを知っていますか？」

「ええっ」と教室中が驚《おどろ》きました。飲まれなかった牛乳は捨てているという話は、初めて聞くことでした。

「もったいない」という声が、ほとんどの子どもたちの口から出ています。

そこで小森先生はこう言いました。

「もったいないと誰《だれ》でも思う。そのもったいないという気持ちが食べ残しを少なくすることにつながっているという結果が、大学の研究で発表されている。これはもったいないという気持ちを高めることで、食べ残しを少なくするという研究だった」

もったいないという気持ちを高めることと小森先生は言うけれど、じゃあどうしたらできるのか。ここで小森先生は、また別のことを言い出しました。

「野菜は体にいいと思う子、手を挙《あ》げて」

この問いかけには、いっせいに全員が手を挙げました。

続いて先生は「野菜は季節によっておいしいと思う人？」、「食事のときにいつも野菜を食べるといいと思う人？」、「いろいろな野菜を食べるとよいと思う人？」と次々と質問《しつもん》しますが、それには全員が手を挙げました。

このような結果は、大学の研究のアンケート調査《ちょうさ》でも同じでした。当たり前の結果なのです。

小森先生がにやにや笑っています。何か意味がありそうです。

「給食の食べ残しの理由を聞いてみると、一番多いのが『嫌《きら》いなものがあった』だ。その嫌いなものの一番が野菜だった。おかしいね。野菜が大事な食べ物で、その季節に食べるのがいいと思っているのに、嫌いな野菜は食べないで捨《す》てられる。これでは、もったいないと反対になっている。これ、おかしくない？」

「おかしいよね」という声が教室中から出てきました。

小森先生の巧妙《こうみょう》な仕《し》掛《か》けです。野菜嫌いを少なくするためには、野菜は健康にいいという考えを優先《ゆうせん》させて食べるように仕向け、結果的に食品ロスを少なくし、もったいないに結びつけるようにしているのです。

大学の研究では食べ残しをしない理由を聞いたところ、「もったいないから」という答えが23パーセントで一番多く、次が「つくってくれた人に悪いから」で20パーセントだったと発表しています。

小森先生は授業《じゅぎょう》の最後にこう言って締《し》めくくりました。

「ＷＨＯ《ダブリュエイチオー》（世界保健《ほけん》機関）の資料《しりょう》によると、世界の１９４の国々と地域《ちいき》の健康寿命《じゅみょう》ランキングで、日本はトップなんだよ。男女平均《へいきん》の健康寿命が74・

1歳《さい》だった。2位がシンガポール、3位が韓国《かんこく》になっていた」

健康寿命とは、「自立した生活ができる期間」のことで、死亡《しぼう》するまでの期間の平均寿命とは違《ちが》います。しかし、平均寿命でも日本は世界トップの国になっています。このように、日本人が高齢《こうれい》になっても健康で生活できるのは、子どものころからの食生活が豊《ゆた》かで充実《じゅうじつ》しており、その原点は給食にあるというのが小森先生の教えでした。

牛乳《ぎゅうにゅう》パックを再生《さいせい》してつくる

それから間もなく、ゆかりはいつものように学校便りや給食便りを連絡袋《れんらくぶくろ》に入れて、優《ゆう》ちゃんの家に行きました。電話で連絡をしていたので、優ちゃんは応接室《おうせつしつ》のテーブルに、きれいなカラー印刷《いんさつ》したしおりや名刺《めいし》を広げてゆかりを待っていました。しおりは、本の読みかけのところにはさむ紙片《しへん》です。風景や建物などではなく、多彩《たさい》な色を重ねたり大胆《だいたん》に引《ひ》っ張《ぱ》ったりと独特《どくとく》のデザインをしており、いくら見ても飽《あ》きない不思議な魅力《みりょく》を持ったデザインです。

「なになに、これどうしたの」とゆかりが言うと、優ちゃんは黙《だま》って小さく笑いながら、いつものように小首をかしげて「どう？」と言いたげな表情《ひょうじょう》でゆかりを見ました。

二人はしばらく、しげしげと見ています。名刺には特別支援《とくべつしえん》学校の校長先生のものもあります。

「これね、紙もデザインも特別支援学校の生徒がつくった作品なんだって。信じられる？」という優ちゃんの言葉にゆかりは驚《おどろ》きました。

その日、優ちゃんのお母さんは、特別支援学校の説明会に行きました。県内から大勢《おおぜい》の父母が集まっていたそうです。優ちゃんのお母さんが応接室に入ってきて、会話に加わりました。お母さんは「そのときに学校内を見学し、この作品をもらったのよ」と驚《おどろ》くことを話しはじめました。

特別支援《とくべつしえん》学校には、給食で飲んだあとの牛乳《ぎゅうにゅう》パックを解体《かいたい》した紙が、あちこちから持《も》ち込《こ》まれてくるそうです。それを高等部の生徒たちが紙すきの技《ぎ》術《じゅつ》で新しい紙に再生《さいせい》します。それからさまざまなカラーデザインを考え、それを再生した紙にプリンターで印刷《いんさつ》して名刺《めいし》やしおりをつくるというのです。

「ええっ！　それ全部、特別支援学校の生徒さんがやるの？」というゆかりの質問《しつもん》にお母さんは

「そうなのよ、ぜーんぶ、支援学校の生徒がやるの。紙すきなんて、その部屋と道具や器具類を見せられたけどすごい手間がかかるのよ。やることはプロ並《な》みだって。しかし生徒の中には、その作業を辛抱《しんぼう》強くやってくれる生徒がいる

ので、指導《しどう》する先生たちもびっくりしていたわ」というのです。そしてお母さんはこう言いました。

「牛乳パックは、再生することもなく、日本中の多くの学校で捨《す》てられています。これは資源《しげん》の無駄遣《むだづか》いですよね。このようにしてＳＤＧｓ《エスディージーズ》につながる活動を特別支援学校がしていることをもっとみんなに知ってもらいたいと思ったわ」

なぜ、優《ゆう》ちゃんのお母さんが特別支援学校に行ったのか、ゆかりは聞きたいと思いましたが、言い出せないでいました。お母さんもそれには何も言いませんでした。ゆかりは優ちゃんの家から帰ってくる道すがら、優ちゃんは中学から特別支援学校に行くのだろうかと想像《そうぞう》しました。そう思うと優ちゃんの病気のことが急に心配になり、このことはクラスの誰《だれ》にも言えないなと思いました。

第10章
恐竜《きょうりゅう》ハンバーグ

キバをむいてほえていた

久しぶりにお父さんが早く帰ってきたので、ゆかりの家は家族4人で夕飯の食卓《しょくたく》を囲《かこ》みました。その日、さくら小学校の全校児童は、スクールバスで福井県立恐竜《きょうりゅう》博物館に見学に行きました。浩一《こういち》はその興奮《こうふん》がまだ覚《さ》めないのか、帰ってきても恐竜の話ばかりしています。

福井県勝山市北谷町《きただにちょう》に、今から1億年以上前の手取層群《てどりそうぐん》と呼《よ》ばれている地層があり、その地層から恐竜の化石が多数掘《ほ》り出されています。日本で発見された恐竜の化石のうち80パーセントは福井県で見つかっているので、福井県は恐竜王国と呼ばれています。博物館には50体の恐竜全身骨格《こっかく》が展示《てんじ》されており、恐竜たちの生きていた時代の森や草原の景観をそっくりにつくったジオラマが楽しませてくれます。

「すごいんだよ。おっきな恐竜がキバをむいて『ガオー！』ってほえてくるんだよ。あんなのに山の中で出あったら、すぐに食われちゃうよ」

博物館の「恐竜の世界」のゾーンに入ってすぐ目に飛び込《こ》んできた肉食恐竜の王者、ティラノサウルスの迫力《はくりょく》に、子どもたちは大興奮します。

恐竜が地球上で生きていたころ、人間はまだこの地球にはいませんでした。建築《けんちく》関係の仕事をしているお父さんは、ビル建築などで地下を深く掘っていくこともあるので、地質《ちしつ》関係のことはくわしく知っているのです。お父さんが説明してくれました。

宇宙《うちゅう》の中に散らばっていた隕石《いんせき》が集まりだして巨大《きょだい》な岩石のかたまりになったのが地球です。今から45億年も前の話です。それから細菌《さいきん》などの微生物《びせいぶつ》が発生し、やがて魚類に進化し、それが陸へ上がってては虫類の恐竜へと進化しました。

それがさらにほ乳類《にゅうるい》へと進化し、その進化の中から人類が生まれました。人類が生まれたのは、およそ400万年前のことです。恐竜《きょうりゅう》はとっくに滅《ほろ》びていました。そのころ地球上はほ乳類の時代になっており、今いる動物の祖先《そせん》の多くが出現《しゅつげん》してきました。ゾウの祖先にあたるマンモスもそうですが、マンモスは今から1万年前に絶滅《ぜつめつ》してしまいました。

「でもね、どうして人間が見ていないのに、あんなすごい姿《すがた》をした恐竜がわかるんだろう。ほえる声も本当にわかるの？」

ゆかりの疑問《ぎもん》にお父さんは答えます。

「それはすべて化石からわかるんだよ」

聞いていた三人は、いっせいにへえーという顔をします。岩石のなかから掘《ほ》り出した化石をつなぎ合わせていくと恐竜の全体の姿がわかってきます。それはちょうど、ジグソーパズルのようなもので、化石のピースを組み合わせていくと立体的な恐竜の姿がわかってきます。

草食恐竜は草や木の葉や樹木《じゅもく》をすりつぶして食べるような歯を持っており、高い木の上の葉っぱを食べるためキリンのような長い首に進化した巨大《きょだい》な恐竜も出てきました。肉食恐竜は、体の大きな草食恐竜に襲《おそ》いかかり、キバを突《つ》き立てて倒《たお》すので、ナイフのような鋭《するど》いキバを持つように進化していきました。

草食恐竜と肉食恐竜が壮絶《そうぜつ》な生存《せいぞん》競争をしながら繁栄《はんえい》し、今の福井県のあたりには、海にいる恐竜、空を飛ぶ恐竜など多種類の恐竜が生息していました。

しかし、そのころ生きていた動物も植物もみな土となり形がわからなくなりました。ところが、中には死んだ恐竜の硬《かた》い骨《ほね》に熱や圧力《あつりょく》が加わり、そこに鉱《こう》物《ぶつ》が入り込《こ》むことがあるとそのまま固まって残り、岩石となりました。

「恐竜が食べていた植物も、海の魚もみな化石からわかるんだよ。恐竜の胃《い》の中の食べ物だって産んだ卵《たまご》だって、うんちだってわかるんだ」

「うんち」と聞いてみんな、やめてという顔をします。食卓《しょくたく》での話題にふさわしくないのですが、お父さんは「うんちだって化石だから、ゴツゴツした岩石になっているんだ」とすずしい顔をしています。

恐竜《きょうりゅう》はトカゲやヘビと同じは虫類だから、卵を産んで子孫を残します。恐竜の卵の化石は、世界中でたくさん出ています。

恐竜のほえる声は、どうやってわかるのだろうか。これも化石からと聞いて、みんな驚《おどろ》きました。

「ほえる声が化石になるのではないんだよ。化石から恐竜のノドの骨《ほね》の形がわかるので、いま生きている動物のノドの形と声と比《くら》べて調べると、恐竜の声が大体わかるようになってきた。科学の進歩によって疑問《ぎもん》がどんどん解決《かいけつ》されているんだ」

恐竜博物館は、このように地球の歴史《れきし》から生物の進化まで、ワクワクしながら見て楽しむ博物館なのです。

恐竜ジビエ

それから何日かして朝の食卓《しょくたく》で浩一《こういち》は、お父さんに報告《ほうこく》しました。

「昨日の給食は恐竜ハンバーグだったんだ。おいしかったよ」

ハンバーグは恐竜のような形をしており、しかも頭に2本の角《つの》が生えていました。子どもたちはまず、恐竜の本体を食べてから恐《おそ》る恐《おそ》る角を食べてみました。するとそれはゴボウでした。

「角も、超《ちょう》おいしかった」

「そうか、恐竜の形をしたハンバーグ。いいアイデアだね。恐竜ジビエだ」と

お父さんが笑いながら言うと

「そうそう、ジビエね。さすがお父さん」とお母さんが言うので、ゆかりも浩《こう》一《いち》も意味がわからず両親の顔を見比《みくら》べました。

ジビエとは、狩《か》りで捕《と》らえられた野生動物の食肉のことをいいます。恐竜《きょうりゅう》はいまどこにもいないので、実際《じっさい》に狩りで捕らえることはできません。恐竜の形をしたハンバーグなのでお父さんは、しゃれでそう言ったのです。日本ではジビエを給食に出す地方があります。兵庫県《ひょうごけん》では、野生のシカが増《ふ》えて農作物を荒《あ》らして被害《ひがい》が広がりました。そこでシカを捕獲《ほかく》して食肉として食べるようになり、給食ではジビエカレーライスとして子どもたちに人気の献立《こんだて》になっています。

日本ではおよそ3000年前の縄文《じょうもん》時代からシカを食べており、遺跡《いせき》から多数のシカの骨《ほね》が出ています。牛肉やブタ肉よりもはるかに古い時代から食べていました。シカ肉は、ウシやブタに比べて脂肪分《しぼうぶん》が半分以下であり、エネルギーはおよそ3分の2なのに、タンパク質《しつ》は2倍もあり鉄分も1・7倍もあるヘルシーなお肉です。

山口県では、野生のイノシシが畑を荒らすようになり、人家の近くに出没《しゅつぼつ》して時には人を襲《おそ》うこともあるため、捕獲して食材として利用しています。イノシシ肉と季節の野菜をふんだんに使った郷土《きょうど》料理の「ぼたんけんちょう」があり、学校給食でも出てきます。

おかあさんが言いました。

「恐竜ハンバーグには、隠《かく》し調味料としてちょこっとだけ赤ワインも入っているんだよ。ハンバーグにかけてあるソースは、福井名産の越《こし》のルビートマト、それにローリエ、オリーブオイル、生クリームも入った特製《とくせい》だからおいしいんだ」

お母さんは、給食センターの調理員なので、さくら小学校で実際《じっさい》につくったのではないのですが、由美先生からレシピをもらっていたのです。

「センターでは大量につくるので、いちいち恐竜《きょうりゅう》の形にしたハンバーグや角《つの》を立てる手間はかかりすぎて無理やね」とお母さんが言うと

お父さんはちょっと考えていましたが、思いついたという顔で語りました。

「カナガタを作れば量産もできるかな。何十個《こ》も恐竜の形をした鉄のカナガタを作り、そこにハンバーグだねを流しこんで焼けばできあがり。角は後からさせばいいね」

「カナガタ……、それなあに」と浩一《こういち》が問いかけました。

「たとえばたい焼きに使っている、たくさんのタイの形のくぼみのある大きな鉄板ね、あれがカナガタだよ。たいの形をした鉄板に、溶《と》かした小麦粉を流し込《こ》んで1回で多くのたい焼きをつくっているね。恐竜の形をしたカナガタを作

れば、1回にたくさんの恐竜ハンバーグが焼ける」

「そうかあ」と言ってお母さんはびっくりしています。「今度、業者さんに相談してみるわ。きっとセンターでもできるようになるよ」ということになりました。

恐竜も人間も同じ遺伝子《いでんし》

ゆかりが学校便りや担任《たんにん》の小森先生からもらった教材のプリント、それに給食便りなどを持って、優《ゆう》ちゃんの家に行ったのは、お正月を過《す》ぎてしばらくしてからでした。優ちゃんは、いつものように顔をちょっと右に傾《かたむ》けてにこっと笑いながら、応接室《おうせつしつ》に入ってきました。

そこでも話題は、恐竜博物館の見学の話になりました。優ちゃんは、両親といっしょに行ったことがあるので、よくわかっていました。それに優《ゆう》ちゃんは大の恐竜《きょうりゅう》好きでした。

「わたしトリケラトプスが好き。あのおっきな3本の角《つの》で、ティラノサウルスと闘《たたか》ったんだよね。ティラノサウルスにかまれた化石もアメリカで見つかっているよ」

ゆかりは、へえーという顔をするだけです。ネットで調べたか本を読んで得《え》た知識《ちしき》にちがいありません。

「お父さんも恐竜好きなんだ」と優ちゃんが言うのです。

高校の生物の先生をしている優ちゃんのお父さんは、子どものころから恐竜大好き少年だったというのです。それから優ちゃんとゆかりは、映画で大ヒットした「ジュラシックパーク」の話に飛んでいきます。化石の中のコハクに閉《と》じ込《こ》められていた恐竜の遺伝子《いでんし》から恐竜を再現《さいげん》させたが、その恐竜を閉じ込めることに失敗し、襲《おそ》われるあの映画を初めてみたときの興奮《こうふん》を語り合いました。

今から1億年前の恐竜の遺伝子がそっくり残っていたら、全く同じ生きた恐竜が生まれるかもしれません。クローン技術《ぎじゅつ》といって、一卵性双生児《いちらんせいそうせいじ》が生まれる原理と同じ理屈《りくつ》で生まれるのです。遺伝子とは、生物の全設計図《ぜんせっけいず》ともいわれています。恐竜も人間も犬もライオンも昆虫《こんちゅう》や大腸菌《だいちょうきん》のような細菌《さいきん》も、みんなそれぞれの遺伝子を持っており、それを次の世代へとつないでいくから子孫が残るのです。

遺伝子とは化学物質《ぶっしつ》です。その遺伝子はアミノ酸《さん》をつないでタンパク質をつくる化学情報《じょうほう》を持っています。化学情報は化学化合物がつながってつくっているものであり、顕微鏡《けんびきょう》でも見ることが難《むずか》しいほど小さな物質の仕組みなのです。

「人間の遺伝子は、アミノ酸がつながってタンパク質をつくる情報を持っているんだって」と優《ゆう》ちゃんが言いますが、それは高校の生物で詳《くわ》しく学習しないと理解《りかい》できない知識《ちしき》です。たくさんのアミノ酸《さん》がつながってタンパク質《しつ》をつくる方法を遺伝子《いでんし》が持っているらしい。そのとき優ちゃんは大事なことを言いました。

「タンパク質をつくるアミノ酸は、宇宙《うちゅう》に無数にあるけど、人間の体の中のタンパク質は、たった20種類のアミノ酸からできているんだって」

「えっ、無数にあるのに、人間はたった20種類しか使っていないの?」

これは驚《おどろ》きです。

アミノ酸のジグソーパズル

「遺伝子ってすごいよね。目に見えないほど小さいものなのに、その遺伝子を所有している生物のあらゆる情報《じょうほう》を持っているから、体もつくるし性格《せいかく》も再《さい》現《げん》してしまう。人間も同じだよね。お母さんの遺伝子とお父さんの遺伝子を半分ずつもらった子どもが、両親から引《ひ》き継《つ》いだ顔や体や性格まで似《に》た子になるんだって」

優ちゃんは、お父さんの持っているたくさんの生物の本を読んでいるうち、高校で習うような知識もいつの間にか身につけてしまったようです。

優ちゃんは突然《とつぜん》「ちょっと待ってね」と言って応接室《おうせつしつ》を出ていくと、ほどなく、キャラクターのイラストが描《えが》いてあるジグソーパズルを手にして戻《もど》ってきました。

「これね、20個《こ》のピースがあるジグソーパズルなの。簡単《かんたん》なんだけど、ものすごく深い意味があるんだよ」

いたずらっぽく笑った優ちゃんは、やおらそのジグソーパズルをテーブルの上に裏返《うらがえ》しにして、ピースをばらばらにしました。ピースがなくなると、ピースの形が線でかかれた台紙だけになります。線で書いてあるピースの部分に、優《ゆう》ちゃんのとくちょうある筆跡《ひっせき》でなにやら書いてあります。1個《こ》1個のピースの形をしたところにカタカナで書いてあるのです。赤い鉛筆《えんぴつ》で書いてあるピースが9個、黒い鉛筆で書いたピースが11個。ゆかりは、台紙をのぞきこみながら、黒字で書いたピースの名前を読み上げています。

「メチオニン、リジン、ロイシン……」。赤字で書いている方に目を転じると

「チロシン、アラニン、セリン……」と読み上げました。

「これってなんだろう。どこかで聞いたような名前もあるけど、なんだっけ」

とゆかりが問いかけると、優ちゃんは、いたずらっぽく笑いながら

「アミノ酸《さん》だよ」と言います。赤い字で書いた9個のアミノ酸は、必ず食べ物からとらなければならないものです。黒字で書いた11種のアミノ酸は、体の中

で合成できるものです。

ばらばらになったピースの裏にも、カタカナ名が書いてあります。20個のピースは、人間が必要とするアミノ酸であり、それがうまく組み合ってタンパク質《しつ》を意味するキャラクターができるというジグソーパズルでした。

「このキャラがタンパク質なの。ピースが1個でもなくなると、キャラはできなくなる」

そう言うと優ちゃんの説明が始まりました。それはゆかりが生まれて初めて聞く、タンパク質とアミノ酸の関係でした。

地球を含《ふく》めて宇宙《うちゅう》には、無数のアミノ酸が存在《そんざい》すると言われています。どのくらいあるかわからないくらいあるのです。アミノ酸とは、化学物質が結合した化合物の一種で、人間は20種類のアミノ酸が必要です。その20種類のアミノ酸を数十から数百個をつないだものがタンパク質です。アミノ酸はタンパク質《しつ》の原料なのです。

ゆかりは、まだ正確《せいかく》に理解《りかい》したわけではありませんが、人間は20種類のアミノ酸《さん》が必要であり、そのアミノ酸が数百個《こ》つながってタンパク質ができていることまではわかりました。

人間の体の中では、20種類のアミノ酸しか使っていない。でも宇宙《うちゅう》には無数のアミノ酸が散らばっていると想像《そうぞう》されています。その証拠《しょうこ》を優《ゆう》ちゃんは言いました。

「小惑星探査機《しょうわくせいたんさき》の『はやぶさ』って聞いたことあるでしょ。あれが地球から2億キロも離《はな》れた宇宙にある『リュウグウ』という小惑星からとってきた岩石の中に20種類以上のアミノ酸があったと報告《ほうこく》しているよ」

地球から太陽までは約1億5000万キロメートルなので、2億キロメートルといえば太陽よりもはるかかなたです。そして、リュウグウは直径《ちょっけい》がたった700メートルしかない小さな星です。ゆかりはびっくりしました。私《わたし》たちの体の中にあるアミノ酸と同じ仲間のアミノ酸が2億キロメートルも離れた宇宙のかなたの小さな星の中にもあったのです。それから優ちゃんはもっと衝《しょう》撃的《げきてき》なことを言いました。

「恐竜《きょうりゅう》の中にも、私たち人間と同じアミノ酸があったはずだって、お父さんが言ってたよ」

地球上の生物だけではなく、もし地球以外の天体に生物がいたとしたら、その生物の持つ遺伝子《いでんし》もすべて同じ構造《こうぞう》をしているはずです。ノーベル化学《かがく》賞《しょう》を受賞した福井謙一《けんいち》博士は「時間と空間を仲立ちして宇宙の中のすべてはつながっている」という言葉を残しています。「人間は誰《だれ》でも無限《むげん》の過去《かこ》と無限の未来とつながっている」とも語っています。

宇宙は全部、つながっているのです。無限にあるアミノ酸ですが、そのうちたった20種類のアミノ酸だけが人間が生きていくうえで必要なタンパク質をつくっているのです。キャラクターのイラストになっているジグソーパズルは、20個《こ》のピースで出来上がりますが、そのうち1個でもなくなるとキャラクターは完成しません。人間も同じで、20種類のうち1種類でもアミノ酸《さん》ができなければ、生きていくことはできないのです。

優《ゆう》ちゃんは、いたずらっぽくほほ笑んでこう言いました。

「アミノ酸20種類って、きりがいいでしょ。なぜ20なんだろう。それって人間の手足の指の20本となにか関係あるのかな」

ゆかりはあっと驚《おどろ》きました。アミノ酸の20と手足の指の20は同じ。偶然《ぐうぜん》にしては、できすぎた一致《いっち》です。これは大発見です。

「ええっ、これって優ちゃん、ノーベル賞《しょう》だよ！」

ゆかりが言うと、二人はソファに転がって笑いました。

ゆかりは優ちゃんの家からの帰り道、優ちゃんと過《す》ごした楽しい時間を思い出していました。優ちゃんは、人間の体は20種類のアミノ酸が必要であり、そのアミノ酸を使ってタンパク質《しつ》をつくっていると語っていました。どのようにしてアミノ酸がタンパク質をつくるのか、わかりませんでした。しかしゆかりは何かの授業《じゅぎょう》で、小森先生が「人間の生命活動は、タンパク質なしではできない」と語っていたことを思い出しました。そのタンパク質をつくるのがアミノ酸だと優ちゃんは語っていたのです。

ゆかりはあっと驚きました。優ちゃんの病名は、アミノ酸代謝異常《たいしゃいじょう》と聞いたことを思い出したのです。代謝異常とは、どういうことを言うのかわかりませんでしたが、もしかしたら優ちゃんの病気は、うまくタンパク質をつくることができない病気ではないか。だから優ちゃんはアミノ酸やタンパク質のことを調べ、宇宙《うちゅう》の果てにまでアミノ酸があることを調べていたのではないか。

そこまで考えたゆかりは、優《ゆう》ちゃんの病気の重大性《じゅうだいせい》を初めて知ったと思いました。

第11章

給食センターの見学

地場産物まんさいの「ふるさと給食」

「うわぁ、でっかいなあ……」

2階の見学コーナーの大きなガラス窓《まど》から1階の広々とした調理場を見た子どもたちは、口々に感嘆《かんたん》の声をあげました。いつも見ているさくら小学校の給食室の調理場の何倍も広いところに、大きな釜《かま》が10個《こ》並《なら》んでいます。

この日は、さくら小学校6年生の給食センターの見学会です。担任《たんにん》の小森先生とセンターの栄養教諭《きょうゆ》である越田《こしだ》由利子先生のはからいで、センター見学が実現《じつげん》しました。きっかけは「サイコロステーキ」でした。

2月の最後の給食の日は、待ちに待ったサイコロステーキです。以前、給食に出てきたときに大評判《だいひょうばん》となり、どの子も「おいしかったぁ」とほめてくれました。そうはいっても、少し価格《かかく》が高い食材なので、頻繁《ひんぱん》には出せません。ところが2月に農水省から食育推進《すいしん》の助成金がでることになったので、越田先生はサイコロステーキを献立《こんだて》に入れました。大評判のサイコロステーキは、いったいどうやってつくっているのか。調理するところを見せようという小森先生のはからいで、センター見学が実現しました。

越田先生が、1階の調理室から2階の見学コーナーへ上がってきました。「みなさん、よくきてくれました」と歓迎《かんげい》のあいさつをすると、すぐに煮《に》たり焼いたり、揚《あ》げたり蒸《む》したりする調理の様子を、上から見たさまざまな調理機器類を指しながら説明していきます。

2階から見た広々とした1階の調理場では、たくさんの調理員がてきぱきと仕事をしている様子が見えます。洗《あら》ったあとのニンジン、タマネギ、ダイコン、モヤシなどが入った大きなカゴを乗せたカートが並《なら》んでいます。その横で、大きな鍋《なべ》に食材を入れて汁物《しるもの》やあえものを調理しています。

男性《だんせい》の調理員が、大きなへらで手際《てぎわ》よく食材をあえている様子も見えます。どの釜《かま》にも横にハンドルがついており、料理を配食するときにハンドルを回して釜を傾《かたむ》かせ、作業をやりやすくします。食材はどんどん釜や鍋に入れられて、料理が次々と出来上がっていきます。この日の献立《こんだて》は次のようなものでした。

ご飯と牛乳《ぎゅうにゅう》、若狭牛《わかさぎゅう》サイコロステーキ、打ち豆みそ汁《しる》、勝山《かつやま》水菜のごまあえ、いちほまれクランチ

越田《こしだ》先生が児童・生徒に配布《はいふ》してあった献立表では、特別に「福井でとれた食べ物をたくさん使った、ふるさと給食だよ」と漫画《まんが》をつかった吹《ふ》き出《だ》しで

紹介《しょうかい》されています。献立表が配布されたときから、子どもたちはこの日を楽しみにしていました。

念入りに確認《かくにん》する健康観察

このセンターでは小学校4校、中学校2校の合計6校の3200食をつくるために越田先生ら40人ほどの調理員と従業員《じゅうぎょういん》が働いています。朝、8時過《す》ぎに調理員が出勤《しゅっきん》すると、体調を確認する健康観察から1日が始まります。爪《つめ》が伸《の》びていないか、手指にケガがないか、下痢《げり》や発熱をしていないか。本人だけでなく家族の健康状態《じょうたい》もチェックし、結果を記録簿《ぼ》に記入して管理します。

家族の誰《だれ》かが下痢や発熱をしていると食中毒《しょくちゅうどく》にかかったりノロウイルスなどに感染《かんせん》したりしている可能性《かのうせい》があるので、その日の仕事から外れることになります。症状《しょうじょう》が出ていなくても潜伏《せんぷく》期間かもしれません。健康チェックが終わると清潔《せいけつ》な白衣と帽子《ぼうし》、マスクと靴《くつ》を身に着けて手を洗《あら》います。

手洗いは非常《ひじょう》に大事な衛生《えいせい》管理です。まず石けんを泡立《あわだ》てて手のひらをよくこすります。手の甲《こう》も伸《の》ばして洗います。指先やつめの間は、手のひらにこすりつけて洗います。とくに指の間を注意深く洗っていきます。親指をねじり洗いし、ひじの下まで洗います。子どもたちが食事の前に手洗いする様子とは、全く違《ちが》います。

次に越田《こしだ》先生が説明したのは、外から運び込《こ》まれた野菜類の洗い方でした。運び込まれた野菜は、下処理室《したしょりしつ》で汚《よご》れや細菌《さいきん》類を落とすために水槽《すいそう》で洗い、皮むきをします。洗う水槽は3つあって、洗った野菜は次々と隣《となり》の水槽に移《うつ》し、そこで洗ったものを次の水槽へと移し3回洗います。越田先生の説明を聞いていた男子が

「えー、3回も洗うのー」とびっくりして大声をあげたので、みんなゲラゲラと笑ってしまいました。

洗った野菜は調理室へと運ばれます。下処理室と野菜を切る上処理室は別の部屋になっており、外からの汚染《おせん》を防《ふせ》げるようになっています。子どもたちが2階から見ているのは、すべての食材を釜《かま》に入れ加熱して調理している光景でした。

道路の横断《おうだん》と似《に》ている？

「みなさん、センターの調理で一番、気をつかっていることは何でしょうか。わかる人、いますか？」と、越田先生が質問《しつもん》しました。

何だろう。やっぱりおいしく調理することに、一番気をつかっているのだろうか。口々にそんなことを話し合っていると、元気よく手を挙《あ》げた男子がいました。

「きれいにして調理することです」

そんなこと当たり前でしょ。そういう雰囲気《ふんいき》になったとき越田《こしだ》先生が「その通りです」と言ったので、一同はざわつきました。

「センターで一番大事なことは、衛生《えいせい》管理です。みんなが安心して食べられるように完璧《かんぺき》な衛生管理をしています。食中毒事件《しょくちゅうどくじけん》を起こすことは絶対《ぜったい》に許《ゆる》されません。だから調理室はドライ方式になっています」

ドライ方式と言われても子どもたちはわかりません。下処理室《したしょりしつ》では野菜類などの食材を洗《あら》うので、水をふんだんに使っています。これはドライではありません。しかし調理室に移《うつ》された食材は、水を一切使いません。床《ゆか》に水滴《すいてき》があるとすぐに拭《ふ》き取ります。これがドライ方式です。

「ばい菌《きん》などは、水分があると繁殖《はんしょく》して広がるからです。だから調理するところでは、水を使うことはありません。でもね、みなさんの家では、調理するところも洗い場も同じ台所で料理をつくっていますね。大丈夫《だいじょうぶ》ですよね。なぜでしょうか」

越田先生の質問《しつもん》に一同、頭をひねっています。なぜ、家ではドライ方式なんてやっていなくてもいいのだろうか。

家庭料理ではせいぜい、5、6人から多くても10人程度《ていど》の料理をつくっています。ところがセンターでは何千人分もの料理を作ります。

「信号や横断《おうだん》歩道がない交通量の多い道を渡《わた》ることを想像《そうぞう》してください。車が左右からどんどんくる道路でも、5、6人が渡るのは気をつけていれば渡れます。しかし何千人も道路を渡るには、車は次々とくるので大変ですよね。そこで車が走ってこないように制限《せいげん》すると危険《きけん》はなくなり、大勢《おおぜい》の人が道路を渡ることができます。そこで水を使う洗《あら》い場《ば》と水を使わない調理場を分けます。調理場では水を使わないようにして、危険《きけん》なばい菌《きん》が増《ふ》えないようにしているのです。家庭の台所では、そのような制限《せいげん》をしなくても、すぐに調理ができるので危険はほとんどないのです」

なるほど、越田《こしだ》先生の説明で、大量に料理すると危険にさらされることがわかりました。

「ハサップ」って知っていますか

越田先生は、子どもたちの顔を見ながら

「みなさん、ハサップって聞いたことありますか?」と聞きました。

ハサップ?　なんだろう。ゆかりはお母さんから聞いたことがあったように思いましたが、よく覚《おぼ》えていません。数人が自信なさそうに手を半分挙《あ》げていいます。

「これは中学や高校へ入ったら学習することなので、知らなくてもいいのよ」

と越田先生は言いながら、見学コーナーの壁《かべ》に掲示《けいじ》しているハサップを説明する図の前にみんなを連れて行きました。

ハサップとは、「危害（Hazard《ハザード》）」「分析《ぶんせき》（Analysis《アナリシス》）」「重要（Critical《クリティカル》）」「管理（Control《コントロール》）」「点（Point《ポイント》）」の5つの英語の頭文字をとって「HACCP《エイチエイシーシーピー》」と書き「ハサップ」といいます。アメリカの宇宙船《うちゅうせん》が月の探査《たんさ》などをしたアポロ計画のとき、宇宙で食べる食事の安全性《あんぜんせい》を確保《かくほ》するために、衛生《えいせい》管理についてで決めたルールがありました。食事の調理方法や食材の管理などを安全にするためのルールであり、国や民族を超《こ》えて国際的《こくさいてき》に認《みと》められる衛生基準《きじゅん》になっていました。

日本では2021年6月から、食品を扱《あつか》うすべての事業者に、ハサップを守るように義務《ぎむ》づけました。それと同じことを学校給食のすべての調理場も守っているのです。

おいしさを引き出す調理方法

サイコロステーキの調理が始まりました。大きな釜《かま》に入ったサイコロステーキを男性《だんせい》の調理員が手際《てぎわ》よく回していきます。そのとき、何か液体《えきたい》を釜の中に振《ふ》りかけました。それは赤ワインなのです。ステーキの風味を出すための隠《かく》し味《あじ》になっているのです。

赤い肉に熱が加わっていくと徐々《じょじょ》に茶色に変わっていきます。この調理場の釜はすべてステンレス製《せい》の蒸気式釜《じょうきしきがま》です。食材が入っている釜の内側と外側の間に隙間《すきま》があり、そこに外にあるボイラーから130度の蒸気が常時《じょうじ》回流して、釜全体をムラなく無駄《むだ》なく加熱することができます。蒸気の熱で調理をしているので、焦《こ》げつくことがありません。

この日のステーキは、福井ブランドの若狭牛《わかさぎゅう》です。血統《けっとう》のある黒毛和牛で、きめ細かい脂肪《しぼう》分の入った柔《やわ》らかい肉質《にくしつ》が特徴《とくちょう》で、甘《あま》みのあるとろけるような味わいが評判《ひょうばん》の高品質《こうひんしつ》の肉です。この食材をいかにおいしく調理するか。越田《こしだ》先生はワイン、しょう油などを加えながら分刻《ふんきざ》みで炒《いた》め、からませる方法を開発していました。この日は、子どもたちが見学したあと学校に戻《もど》り、学校の給食室でもつくっている同じ献立《こんだて》のサイコロステーキを食べることになっています。

配膳《はいぜん》の準備《じゅんび》が終わったころ越田先生が学校に来て食育授業《じゅぎょう》をします。越田先生の授業《じゅぎょう》は毎回面白く、とても勉強になるので子どもたちの評判《ひょうばん》になっていました。それもそのはずです。越田《こしだ》先生は、食育授業の全国コンテストで最《さい》優秀賞《ゆうしゅうしょう》を獲得《かくとく》したことで有名な先生だったのです。それは学校給食甲子園《こうしえん》という学校給食コンテストでの出来事でした。

食育授業で最優秀賞を獲得

大会が開かれたのは、東京の駒込《こまごめ》にある女子栄養大学の大きな階段《かいだん》教室でした。一番前にいかめしい顔をした14人の審査《しんさ》委員が2列に並《なら》んで座《すわ》っています。この年は全国の栄養教諭《きょうゆ》の2025人が、学校給食調理コンテストに応募《おうぼ》しましたが、4回の書類審査で決勝戦に残ったのは、12人でした。越田先生は甲《こう》信越《しんえつ》・北陸代表として決勝戦に残っていました。その12人の栄養教諭が献立《こんだて》について食育授業をして優劣《ゆうれつ》を競うコンテストです。栄養教諭が次々と登場して、5分間の食育授業を行います。それを審査委員が採点《さいてん》して、最優秀賞、優秀賞を決めます。越田先生が行ったそのときの献立は次のようなものでした。

いちほまれのご飯、真鯛《まだい》のみぞれあんかけ、すことタコの酢《す》の物《もの》、打ち豆のみそ汁《しる》、牛乳《ぎゅうにゅう》

福井県の食材をバランスよく利用した献立について、実際《じっさい》に学校の教室で授業するように語ります。教室では、児童・生徒を相手に授業しますが、この日は学校や社会で活躍《かつやく》している14人の審査委員の前で行います。12人の栄養教諭の中で、一番いい授業をした先生が全国でトップの最優秀賞に選ばれます。

会場には審査委員だけでなく、おおぜいの見学者とカメラをかついだテレビ

局のスタッフ、新聞記者などが多数入ってきました。学校の教室とは違《ちが》う雰囲《ふんい》気《き》ですが、いつもと同じように児童・生徒に話しかけるようにわかりやすく授《じゅ》業《ぎょう》をしなければなりません。越田《こしだ》先生はあがることもなく、時にユーモアをまじえながら、献立《こんだて》に使っている地元の食材や料理の歴史《れきし》などについて語っていきます。全国から選ばれた12人の先生ですから、さすがにどの先生も堂々とした授業を行い、見学者はどの授業も感心して聞いています。

審査の結果は、翌日《よくじつ》の表彰式《ひょうしょうしき》で発表されました。全国一の食育授業として最優秀賞《さいゆうしゅうしょう》に選ばれたのは、越田先生でした。発表の瞬間《しゅんかん》、会場は割《わ》れるような歓声《かんせい》と拍手《はくしゅ》に包まれました。その時の様子を応援《おうえん》に行っていた由美先生は次のように語ってくれました。

「越田先生の名前が呼《よ》ばれたときは、自分のことのようにうれしくて飛び上がってしまったわ。全国2025人の先生の中で一番になったんだよ。まるで自分が選ばれたように思えて、この瞬間は天にものぼるような気持ちだったんだよ」

「すこ」ってなんだろう

その時の献立と同じものが、この日もありました。それは打ち豆のみそ汁《しる》です。打ち豆とは大豆をつぶして平たくして乾燥《かんそう》させたもので、雪深い日本海側の地方では、古くから家庭でつくられてきた保存食《ほぞんしょく》でした。とくに福井県では、お寺で出る精進《しょうじん》料理に打ち豆を利用した料理がふるまわれ、郷土《きょうど》料理として代々、受《う》け継《つ》がれていました。

最優秀賞をとった献立の中に「すことタコの酢《す》の物《もの》」がありました。「すこ」という料理は福井県の郷土料理のひとつとして食べられているものです。

それはヤツガシラの茎《くき》を酢漬《すづ》けにしたものです。ヤツガシラはサトイモの一種で、漢字で「八つ頭」と書きます。コイモが8つ固まってゴツゴツした形をしているので、八つ頭と名付けられました。

昔からお寺の行事でふるまわれる精進《しょうじん》料理のひとつで「ほんこさん」とか「おこうさま」と呼《よ》ばれています。酢を加えると赤くなるので、昔から「古い血を流す」という言い伝えがあり、健康を願って食べる風習がありました。シャキシャキした食感と甘酸《あまず》っぱい味も好まれているのです。学校給食にこのような郷土の食材を入れながら、その歴史《れきし》を学ぶ食育授業《じゅぎょう》が評価《ひょうか》されたのでした。

仕上げは秘伝《ひでん》のソース

調理場では、サイコロステーキの最後の仕上げに入ってきました。赤かった肉はすべて茶色に変わっています。釜《かま》でサイコロステーキを大きなへらでいためていた調理員が手を止めて何やら長い棒状《ぼうじょう》のものを釜の中に入れ、手元にある計器を見ています。棒を入れる場所を変えて3回繰《く》り返《かえ》しました。越田《こしだ》先生が説明します。

「みなさん、見てください。あれはサイコロステーキの中心温度をはかっているところです。すべてのサイコロステーキに火が入っているかどうか、温度をはかっています。85度以上あれば、ばい菌《きん》は退治《たいじ》できますから、どの料理でも必ず中心温度をはかって、安全を確認《かくにん》しているんですよ」

そうだったんだ。サイコロステーキだけでなく、釜で料理する食事はすべて温度を確認《かくにん》して、安全な学校給食を出していることに、子どもたちは感心しています。中心温度を確認したら1分半そのまま加熱します。このような手間をかけた調理がおいしさを出すのです。サイコロステーキは、ソースにからまれて見るからにおいしそうな料理に仕上がっていきます。子どもたちは口々に「おいしそう」と声を出し、「いい香り」という声も上がります。「ここまで匂《にお》ってこないだろう」という声も出て、子どもたちは大騒《おおさわ》ぎです。サイコロステーキの仕上げに使っているソースは、越田《こしだ》先生が考えた「秘伝《ひでん》のソース」でした。そのレシピは次のようなものです。

玉ねぎを豆乳《とうにゅう》バターで炒《いた》め、赤ワイン・みりんを加える。
アルコールが飛んだことを確認《かくにん》し、しょう油を加える。
水溶《みずど》きでんぷん粉《ぷん》でまとめる。

越田先生のつくった独特《どくとく》のソースが加えられ、サイコロステーキに丁寧《ていねい》にからませています。見るからにとろとろと柔《やわ》らかい感じになり、つやが出てきました。越田先生は、ときどきサイコロステーキを1個取り出して味見をしています。ちょっと塩気が足りないかなと思ったら、塩を少々加えて味をととのえます。それからまたも3回の温度確認を行い、確認すると釜《かま》のフタをして最後にサイコロステーキを蒸《む》します。これも1分30秒と決まっています。

「おいしそう」と言う子どもたちの声が、見学コーナーいっぱいにあふれています。子どもたちに大人気のサイコロステーキは、一流レストランで出す料理と同じように、きめ細かい調理法で仕上がっていました。

第12章

世界の食文化を学ぶ

外国の料理を給食で食べる

朝食前の忙《いそが》しい時間です。キッチンの壁《かべ》にはってある給食献立《こんだて》を見にきた浩《こう》一《いち》が、「やったー」と大きな声を出したのでお母さんがびっくりしてのぞいてみると、その日の給食は次のようなものでした。

外国の料理を味わおう

ウインナーライス、ラザニア、イタリアンサラダ、野菜スープ、レモンの豆乳《とうにゅう》パンナコッタ

これだけでは、どんな料理が出てくるのか子どもたちにはわかりません。先

生たちもわかりません。学校中がこの日がくるのを待ち構《かま》えていました。どんな給食が出てくるのか。その日がついにきたのです。給食委員会の委員長をしているゆかりも、この日の給食放送で、ヨーロッパの家庭料理について話をするために調べていました。

ワゴン車で運ばれてきて配膳机《はいぜんづくえ》に並《なら》んだ料理を、教室中の子どもたちが伸《の》び上がりながら見ています。どんな料理が出てくるのか。ウインナーライス、ラザニア、イタリアンサラダ、パンナコッタ……。いつもの給食とは明らかにちがう名前の料理が並んでいます。栄養教諭《きょうゆ》の由美先生が、各教室をあわただしく回って歩き、子どもたちの表情《ひょうじょう》や反応《はんのう》を見たり質問《しつもん》があればこたえたりしています。

その日の給食の内容《ないよう》は次のようなものでした。

＊ウインナーライスは、カットしたウインナーソーセージ、タマネギ、マッシュルーム、むきエダマメの炒《いた》め物を混《ま》ぜたご飯。

＊野菜スープは、トリ肉、キャベツ、モヤシ、ニンジン、エノキタケの入ったコンソメ味の洋風スープ。

＊イタリアンサラダは、短冊《たんざく》切りしたダイコン、輪切りキュウリ、ホールコーンをゆでてドレッシングであえたもの。

＊ラザニアは、イタリア起源《きげん》の平らなパスタとミートソースを重ねて最後にチーズを乗せた料理で、この日は加工メーカーからのものをスチームコンベクションオーブンで焼き上げたもの。

＊豆乳《とうにゅう》パンナコッタは、イタリアの代表的デザートのパンナコッタを豆乳でアレンジしたもので、濃厚《のうこう》な味わいとツルッとした舌《した》ざわりがおいしいデザート。ハチミツとレモンでつくったソースがかかっている。

全体的には、イタリア料理をもとにご飯、スープ、サラダ、デザートをまとめた給食で、担任《たんにん》の小森先生が

「今日の給食は、イタリア料理だな。どれもおいしかった」と言ったあと、「そのうち社会科で世界の料理の授業《じゅぎょう》をしよう」と続けたので、教室中がざわつきました。またまた小森先生の意表をついた発想と授業があるようで、みんな期待したからです。

この日の料理は、給食室が期待した通り、子どもたちにも大好評《だいこうひょう》でした。由美先生はこの日の献立《こんだて》を実現《じつげん》するために、自宅《じたく》のキッチンで実際《じっさい》に料理して試作を繰《く》り返《かえ》しました。多くの栄養教諭《きょうゆ》が新しい献立をつくるときにやっていることで、「同じようなものを家庭の食卓《しょくたく》に何回も出すものだから、家族からは嫌《きら》われた」と話をする栄養教諭もいるくらいです。給食は家庭の調理と

違《ちが》って大量調理になります。食材の準備《じゅんび》から調理までの手順を考え、調理員とも念入りに相談していました。

新しい料理を出すとき、もっとも気になるのは料理の味です。子どもたちが「まずい」と思って食べ残しが多く出るようでは失敗《しっぱい》です。新しい給食献立《こんだて》をつくったときの最初の「審査員《しんさいん》」は子どもたちなのです。その審査員は、世に言う「忖度《そんたく》」はしません。忖度とは、他人の気持ちをおしはかることです。子どもたちは、正直に評価《ひょうか》するから怖《こわ》いのです。この日の料理には全員、二重丸をつけてくれたので、由美先生もほっとしていました。

放課後の教室で、ゆかりたち給食委員4人が小森先生と由美先生を囲《かこ》んで相談をはじめました。外国料理の中から四つだけ選んで、地図の上にさまざまな情報《じょうほう》を盛《も》り込《こ》んだ「世界の給食ポスター」を作ろうという相談です。本当は世界地図の上に、世界中の主な料理の写真などを吹《ふ》き出《だ》しにして入れたいのですが、実際《じっさい》にすべて給食に出すのは難《むずか》しいので、取りあえず四つに絞《しぼ》ったのです。それは大阪府の学校で給食に出したら、子どもたちに評判《ひょうばん》がよかったと月刊雑誌《げっかんざっし》『学校給食』に掲載《けいさい》されていた料理でした。それは次のような国と料理でした。

ピッティパンナ（スウェーデン）、アドボ（フィリピン）、パッタイ（タイ）、ジャージャー麺《めん》（中国）

ピッティパンナは、スウェーデンのおふくろの味ともいわれ、ジャガイモ、タマネギとウシ、ブタ肉などを炒《いた》めて混《ま》ぜ、塩・こしょうで味付けします。仕上げに半熟《はんじゅく》の目玉焼きを上にのせることもあります。

アドボは、フィリピンの国民食といわれるほどの代表的な家庭料理で、ニンニク、香味料、酢《す》、ハーブなどでタレをつくり、ブタ肉や魚などをつけてからジャガイモ、ニンジン、タマネギなどの野菜を加えて煮《に》たり炒《いた》めたりするものです。多くの料理法があるので献立《こんだて》には幅《はば》があります。

パッタイは、タイの焼きそばともいわれ、平打ち麺《めん》に甘酸《あまず》っぱいソースを絡《から》めたものです。

ジャージャー麺は、ニンニク、キュウリ、ネギ、タケノコなどとブタのひき肉を炒め、とろみをつけて麺にのせ、絡ませて食べるものです。甘辛《あまから》い味から激辛《げきから》まで好みでいろいろあります。

由美先生が、「この料理なら給食に出せますよ」と賛成《さんせい》してくれました。

20分間楽しめるポスターをつくれ

小森先生から給食委員会に宿題が出されました。これらの国の国旗、首都、言葉、面積、人口などの基本情報《きほんじょうほう》を入れた地図を作り、料理の写真を入れてほしい。さらに各国の言葉で「こんにちは」、「ありがとう」、「おいしい」、「さようなら」の言葉を吹《ふ》き出《だ》しに入れたポスターをつくるようにという指導《しどう》です。「ポスターの前で20分間は、眺《なが》めるくらい楽しいものでないとダメだぞ」という小森先生の注文に、ゆかりたちは思わず顔を見合わせて「20分！」と叫《さけ》んでいました。すると小森先生は「これは給食委員会だけでは大変なので、クラス全員でつくろう。給食委員は、企画《きかく》する役割《やくわり》になり、絵や字がうまい子には、地図にかいてもらおう」と提案《ていあん》し、クラス中でポスター作りをすることになりました。

社会科の授業《じゅぎょう》でなぜ、世界の料理を調べたり給食の献立になるかどうか検《けん》討《とう》したりするのか。小森先生は、授業の中で次のように語りかけました。

「人間は誰《だれ》でも、食べなければ生きていけない。しかし地球上の人間すべてが、毎日同じものを食べているわけではない。そうだろう」

問いかけに、どの子もうなずいていています。

「それぞれの国の気候と風土、環境《かんきょう》に合わせて育った動植物を食材にした料理をつくって食べている。食材と料理には、それぞれの国の自然が反映《はんえい》されているだけでなく、歴史《れきし》もあるし人々が作りあげてきた伝統《でんとう》もあるし宗教《しゅうきょう》もある」

社会科の授業《じゅぎょう》で料理の問題を取り上げた意味が、子どもたちにもわかってきました。小学6年生の社会科は、日本と経済《けいざい》、文化などでつながりの深い国々のことを学びます。外国の人々の生活様式や習慣《しゅうかん》と日本の違《ちが》いをとらえて、国際《こくさい》社会での日本の役割《やくわり》を学んでいく学習計画があります。小森先生は、それを学ぶために、それぞれの国の伝統的な料理、しかも給食でも食べられるものを取り上げたのです。食材の中身、調理の仕方、食べたときの味わいなどを学習することで、異《こと》なる文化や考え方を尊重《そんちょう》する大切さを学ぶことができるからです。

たとえばイスラム教の国では、ブタ肉を調理した料理は一切食べません。ブタ肉はもちろん、ブタを運んだトラックやブタ肉を入れた冷蔵庫《れいぞうこ》で保管《ほかん》された食材も食べません。そのような宗教上の規律《きりつ》を知ることで世界の国や民族の多《た》様性《ようせい》を学習することになるのです。

2週間かかって、ポスターができあがりました。世界地図の中でスウェーデン、中国、タイ、フィリピンを国旗と共に浮《う》き出させ、それぞれの料理の写真を入れました。「こんにちは」、「ありがとう」、「おいしい」、「さようなら」もそれぞれの国の言葉と日本語読みを吹《ふ》き出しで入れ、首都・人口・面積のデータも表にして入れました。放課後も教室に残ってつくっていたゆかりたち数人の代表が、最初に小森先生に見てもらいました。

「おお、やるじゃないか。安心したよ」と合格点《ごうかくてん》をくれました。小森先生が

「安心した」と言うときは、大体、よかった、合格《ごうかく》という意味です。

小森先生の言うように、20分間、ポスターを見てくれるかどうか心配でしたが、掲示《けいじ》した日は廊下《ろうか》に黒山のような子どもたちの人だかりができ、大変なにぎわいでした。日がたってもポスターの人気は落ちず、小森先生からクラス全員に「安心した。合格だぞ」と声をかけてもらうことができました。

第 13 章

さくら小の卒業式

知らなかった給食室の清掃《せいそう》作業

3月が近くなるにつれ、学校全体が卒業式に向かって準備《じゅんび》が進んでいきます。とくに送り出される6年生は、中学への進学を控《ひか》えて、公立中へ進む子、私立《しりつ》中へ進む子、受験の合否《ごうひ》などに子どもたちの話題が広がっていき、小森先生も見るからに忙《いそが》しそうにしています。

6年生だけの「奉仕《ほうし》作業」があります。お世話になった小学校に感謝《かんしゃ》の気持ちを込《こ》めて清掃活動やボランティア活動をします。そして「6年生を送る会」は、全校あげての一大イベントになり、寸劇《すんげき》、お笑いコント、合奏《がっそう》、ダンス、先生のものまね、レクリエーションゲームなどで盛《も》り上がります。その練習が2月に入ると始まり、学校全体が慌《あわ》ただしく過《す》ぎていきます。浩一《こういち》は3年生のコントで主役を務《つと》めるようですが、ゆかりがその出し物を聞いても「ないしょ、ないしょ」と口を閉《と》ざしています。

6年生の奉仕活動では、ゆかりたち給食委員の4人は、給食室の清掃をすることにしました。給食室の入り口で靴《くつ》を履《は》き替《か》え、白衣、帽子《ぼうし》をつけ、調理員と同じ服装《ふくそう》になりました。子どもたちが最初に驚《おどろ》いたのは、どこもかしこもピカピカに磨《みが》かれていて、お掃除《そうじ》などするところは何もないと思えるほどでした。

由美先生と調理員の主任《しゅにん》さんが最初に言った言葉にさらに驚きました。

「私《わたし》たちは表面がきれいになっていればいいと思っていません。食中毒《しょくちゅうどく》の原《げん》因《いん》となる細菌《さいきん》やウイルス、虫などの異物《いぶつ》の混入《こんにゅう》は、目に見えないものがほとんどです。その目に見えない外敵《がいてき》があちこちにあると思って掃除をしているのですよ」

外から配達されてきた食材を受けとる場所、食材を洗《あら》う場所、調理を行う場所に区分されており、掃除《そうじ》では常《つね》に眼《め》に見えない外敵《がいてき》がそこにいるかもしれないという気持ちでやるというのです。ピカピカに磨《みが》いてあっても、眼《め》に見えない外敵がひそんでいるかもしれないので

「掃除のやり方が大事です。何回もふけばそれでいいのではなく、すみっこまできちんと隙間《すきま》なくもれなくやることです」

という調理員の言葉にまずショックを受けました。

食材を受け取る場所は、外から食中毒菌《しょくちゅうどくきん》やウイルス、虫などが持ち込《こ》まれる危険《きけん》があります。また野菜や魚・肉類を下処理《したしょり》する場所も危険区域《きけんくいき》になっています。

野菜類を洗《あら》うシンクもピッカピカですが、調理員は

「こういうところを念入りに掃除してください」とシンクの角のすみっこを指でさしました。調理場は、どこも真っ平らですが、部屋の角のすみっこにはく

ぼみがあったりします。そこに水気があると汚染《おせん》の危険があります。

色とりどりのエプロンがぶら下がっています。赤、緑、青、濃《こ》い緑の4色が見えます。

「調理員はエプロンをしょっちゅう取《と》り換《か》えますが、意味がわかりますか」と調理員に聞かれても誰《だれ》もわかりません。

「赤は、魚・肉を扱《あつか》うとき、緑は牛乳《ぎゅうにゅう》やパンを各クラスごとに分ける配缶《はいかん》やそれらを加熱処理するとき、青は調理や下ゆでなど加熱をするときです。この濃い緑は、アレルギー担当《たんとう》の調理員が使います。それぞれの作業をしているときにエプロンが汚染されているかもしれません。次の作業に汚染物が伝わらないようにいちいちエプロンを取り換えるのです」

ゆかりはそのとき、お母さんがここにあるのと同じ濃い緑色のエプロンをなん枚《まい》も持っていて、ときどき給食センターから持ち帰って洗濯機《せんたくき》に入れていることを思い出しました。「これは自分専用《せんよう》のエプロン」と言っていましたが、お母さんはアレルギー食の責任者《せきにんしゃ》をしているので、自分だけが使っている色のエプロンだったんだと初めて気がつきました。

「安心した」でわいたお別れ会

全校の子どもたちだけでなく、保護者《ほごしゃ》も参加した「6年生を送る会」が体育館で行われ、学年ごとに準備《じゅんび》した出し物を競い合いました。運動会と並《なら》ぶ室内の一大イベントです。

4年生が行った「ワニ襲撃沈没《しゅうげきちんぼつ》ゲーム」は、子どもに保護者も加わって、体育館全体が歓声《かんせい》と声援《せいえん》で盛《も》り上《あ》がりました。体育館の床《ゆか》の上に船に見立てた10枚《まい》のマットがあちこちに配置され、子どもや保護者が乗っています。船の周辺にはワニの姿《すがた》に仮装《かそう》した教師《きょうし》と6年生がうろうろしています。ワニに襲《おそ》われた船上の人は、別の船に移動《いどう》しなければなりませんが、移動するときにワニにつかまえられたらアウトです。ワニから逃《のが》れる人、追いかけるワニを声援する大歓声が続きました。

「おかわりじゃんけん選手権《せんしゅけん》大会」では、各学年から給食のおかわりじゃんけんに強い子どもが5人ずつ計30人が選ばれて出てきました。ゼッケンをつけた選手が、じゃんけんで勝ち抜《ぬ》いていきます。途中《とちゅう》で6年生が次々に負けると「どうした、6年生」という声が飛んできました。じゃんけんは学年に関係なく勝ち負けがでるので、1年生も6年生も対等に戦《たたか》えます。トーナメント勝負で勝利者が絞《しぼ》られていきましたが、なんと2年生の女子と4年生の男子が決勝戦に進んだのです。決勝5番勝負で優勝《ゆうしょう》したのは女子でした。6年生の男子たちがこの子を騎馬戦《きばせん》の騎馬に乗せて体育館を回りはじめたので、会場はわきにわきました。

6年生のコントでは、教師役と子どもとのやり取りです。教師らしくメーキャップした子が、子ども相手にやりとりします。子ども役が「先生、遅刻《ちこく》しました」と申《もう》し訳《わけ》なさそうに言うと「おお、安心した。誘拐《ゆうかい》されたかと心配していた」と返します。続いて出てきた女子が「先生、宿題を忘《わす》れました」と言うと「おお、安心した。別の宿題を出す理由ができた」と返すと会場は大歓声《だいかんせい》です。

明らかに小森先生のものまねです。「安心した」という言葉は小森先生の口癖《くちぐせ》で、なんでもまず「安心した」と言ってほっとさせ、それから突《つ》っ込《こ》みがくるので油断《ゆだん》できません。会場がやや静まったとき、小森先生が壇上《だんじょう》の子に向かって「おお、安心したぞ」と大きな声を出したので、またまたわき返りました。

卒業式を一週間後に控《ひか》えた日、卒業お祝い給食が出ました。毎年、行われている注目メニューですが、この日の献立《こんだて》は次のようなものでした。

カレーピラフ、タンドリーチキン、キャベツとニンジンのゴマあえ、コンソメ味の春雨スープ、きな粉《こ》クリーム大福

普段《ふだん》の給食と明らかに違《ちが》っている点は、カレー味が重なり、和洋折衷《せっちゅう》の料理になっていることです。タンドリーチキンは、ヨーグルトにケチャップとカレー粉を入れたタレにトリ肉を漬《つ》け込《こ》みオーブンで焼き上げます。主食のピラフと主菜のタンドリーチキンがカレー味でダブっていますが、これは由美先生がカレー味大好きの子どもたちへの大サービスで作成した献立です。デザートのきな粉クリーム大福は、県の栄養教諭《きょうゆ》と羽二重《はぶたえ》もちメーカーが共同で開発

したオリジナルデザートで、毎回、子どもたちに人気があります。こうして6年間の給食の思い出は、子どもたちの大好き料理とデザートで締《し》めくくられました。

優《ゆう》ちゃんの登校

小森先生は、最後の授業《じゅぎょう》参観日に国語の授業を設定《せってい》し、6年間の締めくくりとして感慨深《かんがいぶか》い思い出や中学に向けての意欲《いよく》を各自1、2分で発表させることにしました。その参観日にほとんどの保護者《ほごしゃ》が参加しましたが、サプライズが起きました。両親に連れられて優ちゃんが登校したからです。病気のためにほとんど登校できなかった優ちゃんですが、この日は小柄《こがら》な体にベージュ色のカーディガンを着てニコニコ顔で出てきたので教室がざわつきました。ゆかりは事前に知っていたのか、落ち着いて優ちゃんの両親を教室内に案内していました。

発表ではみな、思い思いの事柄《ことがら》を読み上げましたが、女子の中には感極《かんきわ》まって言葉に詰《つ》まる子もいました。小森先生が優ちゃんの席を窓際《まどぎわ》の一番前にしたので、発表は最後の最後になりました。ゆっくりと立ち上がった優ちゃんは、アミノ酸代謝異常《さんたいしゃいじょう》という病名を初めて口にし、ベッドで寝《ね》たきりの生活が多かったので、読書が最大の楽しみだったと語りました。そして「小森先生から、次から次と多くの本を読むようにすすめられ、全部、読みました」と言うと、教室中が「すごーい」という小さな歓声《かんせい》に包まれました。

「その中でも立松和平《たてまつわへい》の『海の命』に感動して、何回も読み、命の尊《とうと》さや家族の暖《あたた》かさに心が打たれました。また『りかちゃんのサブノート』では、血液《けつえき》の流れの仕組みを勉強し、さまざまな病気のことを考えました。それに先生から電子本のことを教えてもらい、スマートフォンで劇画《げきが》や漫画《まんが》や伝記をたくさん読んで、自分が成長したように感じました。またゆかりちゃんが持ってきてくれた由美先生の『給食だより』と『今月の献立《こんだて》』は、毎回楽しみにして読みました。給食の時間と同じ時間に私《わたし》もランチをして、献立を見たり便りを読んだりしながら、教室でみんなといっしょに給食を食べている気持ちになりました。

由美先生、ありがとうございました」

教室中が感動に包まれ一瞬《いっしゅん》静まり返りました。小森先生が拍手《はくしゅ》をするとつられて教室中が拍手に包まれました。教室の後ろにいた優《ゆう》ちゃんの両親が、「ありがとう」と言うように無言で何回も頭をさげていました。

「送る言葉」と「別れの言葉」

体育館の中に入ると、いつもの体育館とはまるで違《ちが》うはなやいだ雰囲気《ふんいき》になっていました。紅白《こうはく》のまん幕《まく》が張《は》りめぐらされ、一段《いちだん》高い舞台《ぶたい》の上には「祝さくら小学校卒業式」と書かれた大きな立て看板《かんばん》が、赤いバラに縁取《ふちど》りされて目立っていました。

卒業する6年生のイス席を真ん中にして在校生《ざいこうせい》がその後ろで、それを取り囲《かこ》むように関係者と保護者《ほごしゃ》のイス席が整然と配置されていました。在校生が席に着き、卒業生の保護者席もほとんど埋《う》まり、ゆかりと優ちゃんの両親も緊張《きんちょう》した顔で座《すわ》っていました。

卒業生の入場です。割《わ》れんばかりの拍手に迎《むか》えられて、体育館に入ってきました。女子は、どの子も申し合わせたように白いブラウスに紺《こん》か黒のブレザーです。襟《えり》に白いリボンをつけた子や胸《むね》に赤い花をつけた子もいます。男子は、黒い詰《つ》め襟服か紺色のブレザーの子に分かれていました。

どの子も6年間を振《ふ》り返《かえ》り、思い出をかみしめていました。優《ゆう》ちゃんはほとんど登校することができませんでしたが、ゆかりが毎月、届《とど》けてくれた「学校便り」や「給食便り」、「今月の献立《こんだて》」を楽しみに見ていて、小森先生から出された宿題もすべてやっていたことが最後の参観日の発表でわかりました。開式の辞《じ》に続いて国歌と校歌の斉唱《せいしょう》があり、卒業証書授与《しょうしょじゅよ》へ進みました。名前を呼《よ》ばれるとどの子もいつもより張《は》りのある声で返事をして壇《だん》に上がり、校長先生から卒業証書を受け取ります。

「竹田優子さん」と呼ばれると、優ちゃんはいつもより大きな声で「はい」とこたえて壇に上がり、校長先生から「おめでとう」と声をかけられて証書を受け取りました。そのとき保護者席《ほごしゃせき》にいた優ちゃんのお母さんが、音を出さないように両手で小さく拍手《はくしゅ》をしている姿《すがた》が見えました。

在校生《ざいこうせい》からの「送る言葉」のあとに続いて、卒業生全員が起立して短いスピーチをする「別れの言葉」が始まりました。どの子も、6年間の中で最も思い出深い出来事を語り、先生への感謝《かんしゃ》の言葉もありました。給食のバットをひっくり返したあの明君が立ちました。1年生の給食サポートをしているさいちゅうにバットを落とした失敗に続いて、自分の教室に戻《もど》ってからも自分の給食トレーを落とした失敗談を語りました。そして失敗したことを温かく見守ってくれたクラスメートと、「安心した」と小森先生から言われた言葉に救われたと感謝の気持ちを語りました。そして在校生には「失敗を許《ゆる》し、温かく見守る気持ちをいつも持つように」と語り、会場全体に感動を広げました。

最後に全員で起立して「旅立ちの日に」を歌いました。

合唱する卒業生たちは、さくら小学校で過《す》ごした6年間のさまざまな場面を思い起こしていました。時には喜《よろこ》び、悲しみ、怒《おこ》った日々の光景を思い浮《う》かべ、いまでは懐《なつ》かしい思い出になったことをしみじみと感じていました。

式次第がすべて終了《しゅうりょう》すると、会場の中央で全教職員《きょうしょくいん》と卒業生の記念写真の撮影《さつえい》があり、教室に戻《もど》ってからも小森先生を囲《かこ》んで記念撮影がありました。

優《ゆう》ちゃんのお母さんは「優子の体調が不安だったけど、今日はとても元気だった」と言ったあと、進学する県立病院にある特別支援《しえん》学校には「専門《せんもん》のお医者さんがいつもいるので、安心していられる」とも語っていました。給食も出る学校ですが、優ちゃんは給食を食べるのがまだ難《むずか》しいとのことでした。

教室で多くの父母と子どもたちがいっしょになって小森先生を囲み、お礼とお別れのあいさつをしていました。ゆかりたちは優ちゃんを見送ることにしました。

小森先生から、励《はげ》ましの言葉を聞いた優ちゃんは、いつものように静かにうなずいて「お世話になりました。卒業できたのは先生のおかげです。ありがとうございました」と落ち着いた口調でゆっくりと、まるで大人のような言い方だったので、みんなびっくりした顔をしていました。

ゆかりと級友の数人が学校の正門前まで優ちゃんを見送りに行きました。お父さんの運転する車が正門前にきたので、優ちゃんはみんなにお礼を言うと、ゆかりの顔を見て「またね」といつものように小首をかしげてにっこり笑いました。

車に乗ろうとしたとき優ちゃんはやおら振《ふ》り返《かえ》り、伸《の》び上がるようにしてさくら小学校の校舎《こうしゃ》を数秒間、眺《なが》めました。ゆかりはその時の光景が強く印象《いんしょう》に残り、優ちゃんを思うときには、いつもその光景を思い出すようになりました。

6年間の思い出を詰《つ》めた優ちゃんの車が、角《かど》を曲がって見えなくなるまでみんなで見送りました。

第14章

風になった優《ゆう》ちゃん

突然《とつぜん》の知らせ

ゴールデンウイークが終わり、学校が再開《さいかい》されました。さつき中学校に登校した生徒たちは、連休中の出来事を話し合い、連休気分がまだ抜《ぬ》けきらない緊張感《きんちょうかん》のない雰囲気《ふんいき》の中で授業《じゅぎょう》が始まりました。ゆかりは、さくら小学校から引き続き、中学校でも給食委員を続けることになり、学校給食と食育という大きなテーマの中で、保護者《ほごしゃ》、生産者と生徒との交流を企画担当《きかくたんとう》することになったのです。

小学校時代は小森先生、由美先生の指導《しどう》を受けながら、福井県の食材や地場産物の利用、生産者らとの交流などで活動していましたが、中学生になると大きく広がりました。献立《こんだて》の料理から少し離《はな》れ、世界の料理や食糧事情《しょくりょうじじょう》の調《ちょう》査《さ》、食の文化、さらに栄養の科学的な学習など、取り組むテーマがレベルアップして、中学生になったという実感がわいてきました。

小学校時代に仲良しだった級友らとはばらばらになり、親しくしていた優《ゆう》ちゃんが特別支援《しえん》学校へと進学したこともあり、その後のことはまだ情報《じょうほう》がないままになっていました。

悲しい知らせは突然、やってきました。

優ちゃんのお母さんから、ゆかりのお母さんに優ちゃんが急逝《きゅうせい》したという知らせがきました。近いうちに優ちゃんに連絡《れんらく》して、お互《たが》いに進学した中学校の話をしたいと思っていた矢先でした。わが子の突然の死に優ちゃんの両親もショックを受け、葬儀《そうぎ》・告別式《こくべつしき》は親族だけで執《と》り行い、まだ誰《だれ》にも知らせていないということでした。

びっくりしたゆかりは、すぐに級友に連絡《れんらく》しましたが、もちろん誰《だれ》も知りません。担任《たんにん》だった小森先生に連絡したところ、今しがた優《ゆう》ちゃんのお母さんから知らせを受けたということでした。亡《な》くなったのは1週間ほど前ということで、ゆかりたち数人の級友が優ちゃんの家に弔問《ちょうもん》に行くことになりました。

優ちゃんが亡くなったのは、病院の個室《こしつ》でした。優ちゃんの家に行ってお母さんからその様子を聞いた小学校時代の級友は、みなこらえきれずに泣き崩《くず》れました。優ちゃんの両親も病院の医師《いし》もまったく予想していなかった病態《びょうたい》の急変であり、祭壇《さいだん》の中央には小首をかしげて笑っているいつもの優ちゃんの顔があり、今そこにいるような写真でした。その周りには幼《おさな》いころの元気な姿《すがた》の写真が何枚《まい》も飾《かざ》ってありました。自分と同年齢《ねんれい》の優ちゃんが死んだという事実をかつての級友たちは、信じられない気持ちで帰りました。

優ちゃんのお母さんから聞いた優ちゃんの最期《さいご》は、次のようなものでした。

私《わたし》は風になる

ベッドの枕元《まくらもと》には、ゆかりが毎月届《とど》けたさくら小学校の「給食便り」と「今月の献立《こんだて》」をとじこんだ冊子《さっし》が、いつでも手に取れるように枕の下に半分もぐり込《こ》ませるように置いてありました。どんなに具合が悪くなっても、この冊子を広げていました。表紙には、越前岬水仙《えちぜんみさきすいせん》ランドで自分がスマートフォンで撮《と》った白と黄色の花が咲《さ》き誇《ほこ》っている水仙の写真が貼《は》り付けてあり、それを飽《あ》かずに眺《なが》めているときがありました。そうすることでいっとき、つらい病状《びょうじょう》を忘《わす》れているように見えました。

病状が進行し体調が明らかに悪化していることがわかっても、現代《げんだい》の医学はどうすることもできない病気でした。「お医者さんがどんなに手を尽《つ》くしても優子《ゆうこ》の命を救うことができなかった」とお母さんはつらそうに話をしていました。遺伝子《いでんし》を科学的に操作《そうさ》して病気を治す技術《ぎじゅつ》は世界中で進歩していましたが、人類には生命現象《げんしょう》でまだまだ知らないことが、たくさんありました。

特別支援《しえん》学校の入学式が終わり、新学期が始まっても優ちゃんは登校することが難《むずか》しい病状《びょうじょう》を抱《かか》えていて、学校に併設《へいせつ》している病院に入院していました。しかし病状は急速に悪化して回復《かいふく》することができず、5月の連休で世の中がにぎわっているさなか、優ちゃんは両親に手を握《にぎ》られながら天国へ旅立っていきました。優ちゃんが亡《な》くなったあと、枕《まくら》の下から出てきた小さな青色の短冊《たんざく》の話になると、お母さんはこらえきれずに涙声《なみだごえ》になりました。枕の下にあった短冊は、危《あぶ》なく見失ってしまうほど小さなものでしたが、青色だったので気がついたのです。短冊に優ちゃんは、黄色の鉛筆《えんぴつ》でこのように書いていました。

「わたしは風になる」

お母さんは震《ふる》える声で「これは優子の遺書《いしょ》でした」と言いながら、ビニールの袋《ふくろ》に大切にしまい込《こ》んだ短冊を出してきました。

遺書、それは残された人に伝える最後の言葉でした。黄色の鉛筆で書かれた優ちゃんの特徴《とくちょう》ある筆跡《ひっせき》を見たゆかりは、顔をゆがめながら、こみあがる悲しみを必死にこらえていました。「ラッキーピーマン」の景品で優ちゃんにあげた、あの黄色の色鉛筆で書いたものにちがいありませんでした。

ミートソーススパゲティの香り

優ちゃんの最期《さいご》を聞いたゆかりは、しばらく放心状態《じょうたい》が続き、二人で読みあった、マザーテレサやキュリー夫人の伝記と世界の名作集の話を語り合ったことを繰《く》り返《かえ》し思い出していました。優《ゆう》ちゃんの最大の楽しみは本を読むことでした。ネットで手に入れた漫画《まんが》や歴史《れきし》物語をよく読んでいました。石塚左玄《いしづかさげん》の伝記をはじめ、ゆかりの知らないたくさんの知識《ちしき》を優ちゃんから教えてもらうことがたびたびありました。

それから優ちゃんがもっとも大事にして繰《く》り返《かえ》し読んでいたのは、毎月届《とど》けられる「給食便り」と「今月の献立《こんだて》」でした。学校給食を食べることができない優ちゃんは、「給食便り」に出てくるお話と献立を飽《あ》かずに眺《なが》めていました。そこに出てくる料理、主菜や副菜やデザートについて優ちゃんはゆかりによく質問《しつもん》してきました。料理の彩《いろど》りと匂《にお》いと味をゆかりから聞き出し、最後に必ず「おいしい？」と言って首をかしげました。ゆかりが「うん」と答えると、ニコッと笑いかえしてきました。その優ちゃんがいなくなったのです。一番、信頼《しんらい》していた友だちを突然《とつぜん》失ったショックは、ずっと続いていました。

ゆかりが優ちゃんと遊んだ越前岬水仙《えちぜんみさきすいせん》ランド近くの砂浜《すなはま》に行ったのは、夏休みがまもなく終わろうとするころでした。優ちゃんと笑い合い、歌をうたった砂浜をどうしても見たくなったからです。お母さんの運転する車で海岸線を走っていると、日本海の荒波《あらなみ》の向こうに広がる晩夏《ばんか》の雲と空は、優ちゃんときて楽しい時間を過《す》ごした時と何も変わらない自然の景色が広がっていました。

砂浜を歩きながら、しばらく果てしなく広がる日本海を眺めていました。海岸に押《お》し寄《よ》せるうねりはやがて白い波頭となり、海辺に近づくにしたがって連《れん》鎖反応《さはんのう》となって崩《くず》れ出し、海岸線に沿《そ》って流れるように泡立《あわだ》った白い線を引いて波打ち際《ぎわ》でおだやかに消えていきます。

その光景をゆかりは、しばらく飽かずに眺めていました。優ちゃんときたあの日も、優ちゃんは「給食便り」と献立の冊子《さっし》をベージュ色のコットンの手提《てさ》げバッグに入れて持ってきていました。学校の話、給食の時間、明君の失敗談など何回も同じ話をしたのに、二人は飽《あ》きずに語り合い笑い合いました。そのとき優《ゆう》ちゃんはやおら、献立《こんだて》の冊子《さっし》を取り出し、あるページを広げました。目で追いながら「これ」と小さく声を出してゆかりに指で示《しめ》しました。

それはミートソーススパゲティのある献立でした。その日は、ロールパン、牛乳《ぎゅうにゅう》、ミートソーススパゲティ、オムレツ、しそドレッシングサラダ、だしじゃことあり、由美先生のつくった豪華《ごうか》な給食のメニューでした。二人はこの給食のことで話が広がりました。「給食のオムレツ大好き」というゆかりの言葉に優ちゃんは、うんうんとうなずきながら「私《わたし》、ミートソースのスパゲティ、あのあまーい香りがいまわかるよ」と言ったのです。食べることができない優ちゃんは香りだけ思い出し、味わっていたのです。

ゆかりは思わず「私がつくってあげる……」と言いかけてあわてて言葉を飲《の》

み込《こ》みました。優ちゃんが食べられないことに気がついたからです。優ちゃんはいつものようにいたずらっぽく小さく笑い「ありがとう」と言うように、小首をかしげてかすかにうなずいて見せました。

大空に浮《う》かんでいた優ちゃん

日本海の荒々《あらあら》しく砕《くだ》け散《ち》る白い波頭を見ながら、ゆかりはあの日のことをつい昨日の出来事のように思い出していました。由美先生のつくったあの素晴《すば》らしい献立、なんとも言えないケチャップの甘《あま》い香りを放つミートソーススパゲティ。ゆかりは毎日、毎日、自分たちに楽しい時間を分け与《あた》え、優ちゃんを元気づけてくれた学校給食の献立を思い出していました。優ちゃんだけでなく、子どもたちを喜《よろこ》ばせ、やる気を出させ楽しくさせた献立を自分で作りたい。そのためには、栄養教諭《きょうゆ》にならなければならない。そのときゆかりの心の中に燃《も》え上がるような決意が沸《わ》き起こりました。

由美先生のようになりたい。献立《こんだて》をつくり、「給食便り」を書くような先生になりたい。そのためには大学まで進学し、管理栄養士の国家試験に合格《ごうかく》しなければなりません。勉強すればなれるのではないだろうか。

そこまで考えたゆかりは、管理栄養士の国家試験に合格して、栄養教諭《きょうゆ》になろうと決心したのです。それは自分でも心の動きがはっきりとわかるほど、確《たし》かな決心でした。お父さんがいつも言っているようなプロになろう。ゆかりは、お母さんが口癖《くちぐせ》のように語っている「日本の給食は世界一だよ。衛生《えいせい》管理も栄養管理も完璧《かんぺき》だし食育だって世界一だよ」という言葉を思い出していました。そうだ、世界一の栄養教諭になろう。

生まれて初めて、自分が大人になったらこういう人間になりたいと、心の底から思った瞬間《しゅんかん》でした。帰り際《ぎわ》にもう一度、海岸の土手に立ち、日本海の荒々《あらあら》しい波頭をしばらく眺《なが》めながら、強い海風を顔いっぱいに受けていました。そのときです。こつ然と優《ゆう》ちゃんと砂浜でうたった「風のふるさと」のメロディーがわいてきました。哀調《あいちょう》をおびたトランペットの間奏《かんそう》が大好きだと優ちゃんが言ったあの歌です。

あてもなく　街をはずれて　ある日ひとり　旅へ行きたい　……

あのとき二人は、周りにいた人たちも気にしないで、海に向かって思い切り「千の風になって」も歌ったのでした。

日本海の晩夏《ばんか》をいろどる青白い空の向こうに、優ちゃんの笑顔が浮《う》かんでいました。青色の短冊《たんざく》に黄色の鉛筆《えんぴつ》で「わたしは風になる」と書いた優《ゆう》ちゃんの最期《さいご》の言葉通り、風になった優ちゃんは、大きな空のはてからゆかりを見ていました。

ノーベル賞《しょう》を受賞した福井謙一《けんいち》博士は「人間は誰《だれ》でも無限《むげん》の過去《かこ》と無限の未来とつながっている」という言葉を残しました。ゆかりは、優ちゃんと自分は永遠《えいえん》につながっていると思いました。

栄養教諭《きょうゆ》になったら、真っ先にミートソーススパゲティをつくり、優ちゃんに食べさせたい。

「それまで待っていてね……」ゆかりは胸の中に突《つ》き上げてくる悲しみをこらえながら、声を絞《しぼ》り出して優ちゃんに語りかけました。

大空の風になった優ちゃんは首をかしげてほほえんでおり、ゆかりは思わず手を振《ふ》り、とめどなく流れる涙を吹《ふ》き払《はら》いながら、なんども何度も優ちゃんに別れを告げました。

ゆかりは中学、高校、大学と勉強に励《はげ》み、優ちゃんが亡《な》くなってからちょうど10年目に、管理栄養士の国家試験に合格《ごうかく》しました。そして県の栄養教諭として採用《さいよう》され、希望して特別支援《しえん》学校の栄養教諭となって社会に巣立っていきました。

あとがき

ここに書いてある給食の献立《こんだて》と作り方は、すべてどこかの学校で実際《じっさい》に出された給食です。どれもこれもレストランで出されるような料理ばかりですが、これは選んでとりあげたものではなく、日常的《にちじょうてき》に全国の学校給食に出ている献立なのです。インターネットでは、全国の学校給食の献立とトレーにのっている料理の写真が、おびただしくアップされています。

筆者は、文部科学省の学校給食と食育関係の各種審議会《しんぎかい》の委員を20年間務《つと》めたので、多くの給食調理場に行き、給食を食べ、食育授業《じゅぎょう》を見学しました。全国の栄養教諭《きょうゆ》・学校栄養職員《しょくいん》・調理員とも親しくなり、現場《げんば》の話を詳細《しょうさい》に聞く機会がありました。

　日本が世界一の長寿《ちょうじゅ》国家であることはよく知られていますが、その原点は栄養管理が完璧《かんぺき》にされている学校給食にあると思うようになりました。人間が生きていく上でもっとも大事な食行動と食の文化を学ぶ食育と栄養教諭制度《せいど》ができたのは２００５年でした。翌年《よくねん》の２００６年から、筆者は給食と食育の重要性《じゅうようせい》を一般《いっぱん》の人々にも知ってもらうために、「全国学校給食甲子園《こうしえん》」という給食調理と食育授業のコンテストをはじめました。日本一おいしい給食を競い合うコンテストであり、この企画《きかく》を通じて給食と食育の重要性を広く理解《りかい》してもらうためでした。

　そのような体験をするうち、この物語を書くことを思いつきました。物語に書いた学校や教室での授業の様子は、先生方との長いお付き合いの中でお聞きしてきたものであり、主人公の友だちの優《ゆう》ちゃんは、筆者が過去《かこ》に取材で体験した子どもの病気の不幸を投影《とうえい》したものでした。優ちゃんの遺伝子病《いでんしびょう》は、常《じょう》染色体潜性遺伝疾患《せんしょくたいせんせいいでんしっかん》です。病気の原因《げんいん》となる遺伝子が常染色体上にあり、一対の遺伝子の両方に変異《へんい》があると発病するきわめてまれな難病《なんびょう》でした。

この物語の舞台《ぶたい》に設定《せってい》した福井県の先生方には、とくにお世話になりました。多くのことで助言をいただき、知らなかった知識《ちしき》をいただきました。また、ここで取り上げたさまざまな出来事や教室での様子や学校行事などについて、全国の多くの先生方からご教示《きょうじ》と助言をいただき物語ができあがりました。遺伝子にまつわる難病については、研究者からご教示をいただきました。中でもとくに小本翔《こもとしょう》、田中範子《のりこ》、林みどり、福岡秀興《ひでおき》、水嶋眞由美《みずしままゆみ》先生のご厚意《こうい》に感謝《かんしゃ》の意を伝えたいと思います。

学校給食と食育の重要性《じゅうようせい》を一身に引き受け、衛生《えいせい》管理、栄養管理に日夜取り組んできた全国の学校栄養士《えいようし》の先生方と全国学校栄養士協議会（長島美保子会長）の皆様、「心に残る給食の思い出」作文コンクールを毎年、実施《じっし》している公益《こうえき》社団法人・日本給食サービス協会にはお世話になりました。お礼を申し上げます。

行政《ぎょうせい》の最先端《さいせんたん》で世界に冠《かん》たる制度《せいど》の施行《しこう》に取り組んできた文部科学省の齊《さい》藤《とう》るみ学校給食調査官《ちょうさかん》、山上望食育調査官ら歴代《れきだい》の学校給食調査官、食育調査官の先生方にもこの場を借りて感謝《かんしゃ》の気持ちを申し上げます。

この本の最終段階《だんかい》の執筆《しっぴつ》をしていた２０２４年１月１日、能登《のと》半島地震《じしん》が発生し、甚大《じんだい》な被害《ひがい》をもたらしました。石川県など被災地《ひさいち》では、学校給食施設《しせつ》が大きな被害を受け、断水《だんすい》と調理場の損壊《そんかい》を受けながらも栄養教諭《きょうゆ》、調理員の皆さんは自宅の被災も顧《かえり》みず、調達できる食材で献立《こんだて》を作り、調理して自衛隊《じえいたい》と連携《れんけい》しながら各地の避難所《ひなんじょ》に温かい料理を届《とど》けました。災害時の学校給食調理場の別の役割《やくわり》を見せて感謝《かんしゃ》されました。そのことを報告《ほうこく》して、学校給食へのいっそうの支援《しえん》を読者のみなさんとともに続けることを誓《ちか》いたいと思います。

この児童書の刊行《かんこう》の意義《いぎ》を認《みと》めてご尽力《じんりょく》いただいた株式会社評論社《ひょうろんしゃ》の竹下晴信、純子《じゅんこ》さん、サイエンスライターの大谷智通《ともみち》さんにお礼の気持ちをお伝えします。

2024年　桜花《おうか》を迎《むか》えて

馬場錬成《れんせい》

参考資料（文献・ｗｅｂサイトＵＲＬ〔２０２４年１月１日現在〕）

・学校給食で摂取する栄養基準　https://www.snfoods.co.jp/knowledge/column/detail/13187
・福井の学校給食献立（福井県栄養教諭等研究会）　https://291gk.or.jp/eiyoushi/
・「心に残る給食の思い出」作文コンクール入賞作品（第１回〜）　https://www.jcfs.or.jp/event/sakubun.html"

第１章
・学校給食実施状況　https://www.mext.go.jp/content/20230125-mxt-kenshoku-100012603-1.pdf
・食育基本法について　https://www.maff.go.jp/j/syokuiku/attach/pdf/kannrennhou-20.pdf
・栄養教諭制度について　https://www.mext.go.jp/a_menu/shotou/eiyou/04111101/003.htm
・生活習慣病とは　https://www.e-healthnet.mhlw.go.jp/information/dictionary/metabolic/ym-040.html
・日本の子どもの肥満児が少ないのは学校給食があるから　https://www.excite.co.jp/news/article/Searchina_20191111005/

第２章
・「中学生・高校生の野菜への嗜好特性と心の発達との関連―緑黄色野菜の重要性―」（合田芳弘ら、日本食育学会誌、第３巻第１号、２００９年１月）
・子どもの苦手な食材への対応　月刊誌「学校給食」（特集「子どもの苦手な食材への対応」、２０２３年６月号）
・「私立小学校低学年女子児童の野菜摂取状況に関する要因の検討」（榊有香ら、日本女子大学紀要、家政学部第69号、２０２２年）
・カゴメ野菜調査隊　https://www.kagome.co.jp/statement/health/yasaiwotorou/research/research06/

第３章
・福井県の郷土料理　https://www.maff.go.jp/j/keikaku/syokubunka/k_ryouri/search_menu/area/fukui.html

第５章
・橋本政憲訳、丸山博解題「食医石塚左玄の食べもの健康法」（農文協、２０１０年）
・岩佐勢市「食の祖　石塚左玄物語」（正食出版、２０２１年）
・「石塚左玄に学ぶふくいこども食育チャレンジ」（福井県教育委員会、２０２１年）

第６章
・腸内細菌の働きについて　https://www.e-healthnet.mhlw.go.jp/information/food/e-05-003.html

第7章
アレルギーはなぜ増えたのか　https://www.timothea.co.jp/tips2-4.html
第8章
・減塩食の勧め　https://www.ncvc.go.jp/hospital/pub/knowledge/diet/low-salt/
・日本の低体重児の出産について　https://www.sanfujinka-debut.com/column/24427/
・低体重で生まれた子は生活習慣病になりやすい　https://www.sanfujinka-debut.com/column/24427/
第9章
・国の食品ロス削減の「ろすのん」運動について　https://www.no-foodloss.caa.go.jp/
・健康寿命で日本は世界一　https://www.tyojyu.or.jp/net/kenkou-tyoju/tyojyu-shakai/sekai-kenkojumyo.html
・ディビッド・バーカー著、福岡秀興監修・解説「胎内で成人病は始まっている」（ソニーマガジンズ、２００５年）
第10章
・宇宙探査機「はやぶさ」が宇宙惑星からアミノ酸23種発見　https://www.yomiuri.co.jp/science/20220609-OYT1T50282/
・福井謙一博士が「人間は誰でも無限の過去と無限の未来とつながっている」という言葉・読売新聞社説（１９９８年１月１日付け朝刊）
・アミノ酸代謝異常症の解説　https://jsimd.net/documents/GuidelinesInClinicalGenetics/aminosan-taisyaijou.pdf
第11章
・ハサップ　解説　https://www.mhlw.go.jp/stf/seisakunitsuite/bunya/kenkou_iryou/shokuhin/haccp/index.html
・学校給食と食育授業の全国コンテスト（２０２２年の第18回大会まで）　https://kyusyoku-kosien.net/
第12章
・給食と宗教への対応について　月刊誌「学校給食」（特集「学校給食と多様性」、２０２３年８月号）
・世界の料理と給食・食育　月刊誌「学校給食」（藤田恵美子「世界の料理から広がる食育」、２０２２年５月号）

全国学校給食甲子園ＨＰ

風のふるさとYouTube

馬場錬成（ばば・れんせい）

1940年生まれ。東京理科大学理学部卒業後、読売新聞社入社。編集局社会部、科学部、解説部を経て論説委員。2000年11月読売新聞社退社。読売新聞社友。東京理科大学知財専門職大学院教授、早稲田大学政治学研究科客員教授、国立研究開発法人科学技術振興機構（JST）中国総合研究センター長、文部科学省科学技術政策研究所客員研究官、文部科学省、経済産業省、総合科学技術会議などの各種審議会委員を歴任。現在、認定NPO法人21世紀構想研究会理事長。

1996年から文部科学省の学校給食衛生管理に関する審議会委員を委嘱され、その後20年以上にわたって食育・学校給食関係の委員を務めた。こうした活動や2006年から全国学校給食甲子園大会を開催したことなど「学校給食の充実に尽力した功績」が認められ、2009年に文部科学大臣表彰を受ける。

主な著書に『母さんのじん臓をあげる』（偕成社）、『大丈夫か 日本のもの作り：IT革命が製造業を変える』『大丈夫か 日本の特許戦略：21世紀の戦場は知的財産権だ』（共にプレジデント社）、『ノーベル賞の100年』（中公新書）、『大村智：2億人を病魔から守った化学者』（中央公論新社）、『青年よ理学をめざせ：東京理科大学物語』（東京書籍）、『知財立国が危ない』（日本経済新聞社）、『大村智ものがたり：苦しい道こそ楽しい人生』（毎日新聞社）、『沖縄返還と密使・密約外交：宰相佐藤栄作、最後の一年』（日本評論社）など多数。

風になった優ちゃんと学校給食

二〇二四年六月三〇日　初版発行

◆著　　者　馬場錬成
◆編集協力　大谷智通
◆発 行 者　竹下晴信
◆発 行 所　株式会社評論社
〒162-0815　東京都新宿区筑土八幡町2-21
電話　営業〇三-三二六〇-九四〇九
　　　編集〇三-三二六〇-九四〇三
◆印 刷 所　中央精版印刷株式会社
◆製 本 所　中央精版印刷株式会社

ISBN978-4-566-01463-3　NDC913　p.272　188㎜×128㎜
https://www.hyoronsha.co.jp